U0073778

# 冗事顧問

## 陸 玄女符

林佩 著
牛魚 繪
ANTENNA

【人物簡介】陸離。
天之驕子，高貴優雅，掌管貪狼星。到人間後沉淪爲３Ｃ低頭族，走路只顧玩手機而撞電線桿的次數與日俱增。

【人物簡介】阿七。
本是天上七殺星君，因罪被貶下凡，擔任群青巷口土地爺一職。
愛抽菸，但目前有改啃棒棒糖的趨勢。

【人物簡介】炎帝。

地府職等最高的一位帝王，實則爲米蟲一隻，嗜好是從孽鏡中偷窺地府的一切動態，以及送禮物給小正太。

【人物簡介】張逡。

邪術師，喜養小鬼。愛記仇，對曾經擊敗過他的鍾流水恨之入骨、朝思暮想、抵死纏綿、一日不見、如隔三秋……

【索引】鬼事顧問、零陸。玄女符。

鬼事顧問、零陸。玄女符。

【第壹章】陰兵過路，

蠹蟲再現。

蜿蜿蜒蜒的山道上，兩個人趕著路。

走在前頭的年輕人腰掛葫蘆輕鬆自在，踏野花、步草道，眉稍眼角風情閒淡，正是鍾流水。

鍾流水，原本是度碩山上管理鬼門關出入口的一株大桃樹，後來鬼門關被封起來，無所事事的他就改往人間晃蕩；因為喜歡吃鬼，後來成為人間傳說中的鬼王，有個別名叫做鍾馗。

在他身後邊走路邊碎碎唸的人是白霆雷，小小苦命警察一枚，前世為上古神獸白澤，據說曾擔任鍾流水的坐騎一職，關於這一點，白霆雷認為有待考證，打死他都不想承認自己前輩子居然跟萬年妖孽鍾流水有任何關係。

至於現在，七月天，兩人不在田淵市的桃花院落裡喝酒賞花納涼，跑到這人煙罕至的深山裡是想幹什麼？

原因就出在於一個陪葬品玉琮的身上，而這玉琮上頭，連結了很多很多的祕密。

鍾流水為了追查玉琮的出處，曾經找到一個叫做姜憐的女孩子，問出這座山裡有個姜村，村裡有個神祕的古墓，玉琮就是姜憐從裡頭盜出來的。

現在姜憐被個灰髮年輕人——張逡——給擄回姜村，而更進一步，鍾流水懷疑自家小妹在十年前也曾在姜村待過，所以拉著白霆雷風塵僕僕的入山，這也就是為什麼兩人此刻會在山裡走來走去的緣故。

白霆雷累呼呼揹著個圓鼓鼓的大包包，因為山裡沒有超商，他又不像鍾流水一樣喝酒就會飽，為了避免餓死，所以吃的東西就占了他行李的七成以上；加上山中猛獸眾多，簡單防備的武器總是得準備周到。

反觀鍾流水，身上的行李就只有腰間那枚小葫蘆。

「神棍啊，你腰上的葫蘆哪裡買的？跟哆啦A夢的百寶袋差不多，也給我找一個吧。」白霆雷看著對方的一身輕裝，羨慕死了。

鍾流水笑吟吟，拍拍腰間的葫蘆說：「這是須彌甲葫蘆，甲年栽種、甲年花開、甲日結葫蘆、甲時摘下來，具備五行三才，雖然裝不下三山五嶽，但塞些小物品還成，是個老神仙送我的法寶，外頭買不到。」

雖然他說是人家送的，但事實真相是：老神仙可沒把法寶送給他，而是跟鍾流水賭酒，最後把自己歷經四個甲子才練出的葫蘆給賭輸了，老神仙如今還躲在山裡頭生悶氣呢。

「我怎麼就碰不到那麼大方的神仙？身邊不是妖魔、就是無常……」

「說我嗎？」某人橫眉一瞪。

白霆雷不說話了，心裡卻想：就是說你哪，神棍你是自私鬼、小氣鬼、腹黑鬼、鬼到不能再鬼的鬼……

繼續趕路。

這裡的山峰大多尖銳突露，光禿禿的奇峰如劍尖朝天並排矗立，因為剛進入盛夏時節，頭上驕陽似火，這山裡的樹木又大多為一人高的灌木，能遮蔭的效果有限，讓白霆雷苦不堪言，自然而然他碎碎唸的東西又更多了。

我真是倒了八輩子楣才會認識神棍……我當初不該當警察的，小時候鄰居說我天生命苦，我還不相信呢，都說人定勝天不是嗎？現在我相信了，找個機會回家去，看誰能幫我改改運……

「吵死了！」鍾流水脫下他的藍白拖，往警察頭上打。

黃昏時，兩人終於走到一座山坡上。

根據之前席村村民的說法，坡下是不歸溝，鍾流水瞪著溝好半晌，眼前的地形讓他倒吸一口氣。

溝的另一邊，一整排的山陵如墳頭冒出，那些都是龍脊，而遠處兩座山峰形似犄角，又正好應了龍頭之勢，是真真實實的風水寶穴啊！

這樣的龍脈一般都需要吞食日月精華達萬年以上，經過凝練、昇華、濃縮、方能成為一條龍，而這裡的龍氣沉穩內斂，是有主之物，也就是說，此地必有大墓。

正想開天眼看個仔細，突然想起目前靈力有限，不可隨意浪費，也就罷了。

天色暗下來，白霆雷已經搭好帳篷，正架著木柴燃燒火堆煮熱湯，見鍾流水依然站在坡邊，小口小口啜酒，他看不下去了。

「神棍過來，以為喝酒就會飽喔？！」

「除了酒以外，你見我吃過人間五穀雜糧嗎？」鍾流水反問。

問倒白霆雷了，沒錯啊，記憶中的鍾流水除了喝酒就是喝酒，米麵青菜水果也沒見他沾過一口，偶爾又吃點恐怖的鬼眼珠子……

噁，白霆雷想吐了。

神棍根本就是個鬼，還是個酒鬼，估計那些鬼眼都是他拿來當下酒菜用的，更別說神棍曾經挖過嬰元屍鬼的眼珠子，還曾經藉著口感的不同，確認了骷傀的身分……

這是一種多麼恐怖的自帶技能啊！白霆雷又抖了。

也不知是不是巧合，才剛想到骷傀，山中就有狼嗷透空而出，那聲音很有些特殊性，讓白霆雷一下就聽出是什麼動物的叫聲，立刻緊張的通知鍾流水。

「神棍神棍、是䰩魒！」

「緊張什麼，你又不是第一次見識䰩魒。」

鍾流水嫌他大驚小怪，卻又突然恍然大悟，「唷、你想吃䰩魒的眼珠了是不是？我說過，䰩魒眼珠子乾巴巴，不夠味兒，勉強能下酒就是了……不過好久沒吃鬼了，過過乾癮也好，你想吃左眼還是右眼？」

「喵的我又不是你！」白霆雷發起喵威來了，可惡，他是文明人，他永遠也不要吃䰩魒的眼珠子，左眼也不吃，右眼也不吃！

鍾流水呵呵笑，但也生起警覺，䰩魒是守屍獸，習慣成群行動，口涎內滿是屍毒，人類被咬到後若是不立刻拔除屍毒，會被同化成為白甲屍獸，再也變不回人。

既然䰩魒在這裡，他有個預感，所有的謎底，都將在姜村揭曉。

天才濛濛亮，一整晚靠著大樹杈枝休息的鍾流水跳下樹來，一腳踢翻跟班窩著的帳篷喊起床。

白霆雷昨天走了一整天路，全身都痠痛，只想繼續賴床賴到天荒地老，可是神棍的拖鞋又丟來了，他只好打起精神煮些熱食，這才不甘不願的趕路去。

不歸溝前，鍾流水毫不遲疑跨過。腳踩過溝面的那一剎那，他臉色動了動，仰頭望天。鍾流水的這舉動惹起白霆雷的注意，忙問怎麼了。

「你沒感應到嗎？」鍾流水反問。

「感應什麼？」

「……粗神經。」鍾流水啐了一啐，說：「小心為上。」

鍾流水嘴裡輕描淡寫，其實內心提高警覺。這條不歸溝其實是一條分界線，溝的後頭被下了很強烈的禁鎖咒，修道人、仙人或者妖精，一踏入就能感應出這山裡有主，自然而然會避開，因為知道裡頭必定有專門對付不速之客的法門。

普通人雖然感受不若修道者那麼明顯，但人類有趨吉避凶的本能，若是不小心闖入，必定會覺得全身不舒服，心裡也會產生一種抗入的心態，自然而然也會退回不歸溝。

所以鍾流水說白霆雷神經粗，明明虎魄都回歸了，怎麼到現在還像個普通人，永遠進入不了狀況？

可能是腦筋回路還沒連好，這樣的話，說不定踹他幾腳，線路就連上了，哼。

白霆雷繼續抖，其實他還是有感應力的，下意識裡知道神棍又想欺負他了。

過山溝，迎上一大片野草灌木地，那些野草比人還高，灌木枝枒宛如怪獸手爪，隨時就勾著人的衣服、頭髮，腳下更盤伏著碎石殘梗，隨時隨地等著絆倒過路的人，不過根據某些被踩斷的枯枝雜草，鍾流水推測不久前有人剛走過這條路。

「看這痕跡，張浚跟姜憐應該是一天前經過這裡的，我們腳步加快些，說不定能追上。」鍾流水說道。

白霆雷能說不而拒絕趕路嗎？天上地下三世諸佛菩薩羅漢力士韋馱包括讀者諸君都知道這是不可能的。

行進在這樣的野草灌木叢裡，視野完全被遮蔽，更討厭的是蚊蟲全被驚出，圍著白霆雷不停打轉，時不時咬上一口，不到幾分鐘他就被咬腫了一圈，身上奇癢無比。

「神棍有帶藥嗎？癢死了！」白霆雷一面抓癢，一面還要驅趕那些不停近身的蚊蟲。

鍾流水嗤聲一笑。白霆雷聽出那裡頭有很大的幸災樂禍的成分在。一看，鍾流水身邊居然一隻蟲兒都沒有，白霆雷立刻指著他鼻子質問：「為什麼蚊蟲不咬你？我知道了，蚊蟲是你叫來整我的吧！」

「我是一棵桃樹，蚊蟲咬我做什麼？」鍾流水理所當然的回答。

白霆雷正要反唇相譏，說你其實全身上下都是變態病毒，所以蚊蟲不敢咬你之類的話，突然間四面八方窸窸窣窣，類似退潮時海水在沙灘上滑出的聲響。

「蛇？」白霆雷驚叫。

緊張得猛往地上找尋，卻看見幾隻白色蟲子由草根處鑽出來爬上他的腳。他踩了幾下，就聽喀喇喀喇聲響。他抬起腳來看，鞋底沾滿了白色蟲屍和透明體液。

「啊啊啊這什麼鬼東西！」白霆雷哇啦啦的叫喊。

鍾流水輕咦了一聲。他正想說什麼，卻聽沙沙聲連綿不絕，幾千幾百萬隻同樣的蟲子蜂擁爬來。這事態把白霆雷都嚇壞啦，他草叢中亂鑽亂跑，但是嘈雜聲依然如影隨形，四面八方將他包圍起來。

小腿傳來劇痛，跟著是大腿。腿上好像幾十支燒紅的錐子在戳，白霆雷顧不得形象的又叫又嚷。他狼狽地拍打疼痛的部位，噗噗噗，爆出體液的白色扁蟲屍隨聲而落，但跟著身體其他部位也出現相同的劇痛。

唉呀唉呀，是不是也有幾隻鑽進內褲了？！

幹，他屁股也被咬啦！

白霆雷邊拍邊跑，痛到要暈倒了也不敢停下腳步，結果還被東西絆倒，摔得他暈頭轉向，差點兒連媽媽都喊出來了。他含著眼淚回頭一看，頭皮發麻，剛剛絆倒他的竟然不是樹根，而是一具發白的死人骨頭！

死人骨頭身上的衣服都還沒爛掉，頭骨的眼窩之中還不斷冒出那些白色蟲子，不用想也知道，這些蟲子就是那大自然的清道夫，把人肉內臟都給清光了！

這些蟲子原來是啃肉的！

白霆雷冷汗涔涔，卻突然間福至心靈，想起自己不是能變成老虎嗎？老虎身上很多毛，說不定蟲子就不喜歡了！

好、我變、我變、我變變變——

喵的他太緊張了，居然怎麼樣都變不過去，前幾次他是怎麼變的？

痛，另一邊屁股又被咬了！趕緊用力拍屁股，蟲屍就這樣順著褲管跌出來，而這時候他褲管外頭已經爬滿了幾百隻蟲子。

他現在恨不得有把火往身上燒啊！他情願被燒死，也不要變成蟲子的糞便……

眼角瞄到鍾流水緩緩朝這裡走來，他突然發現，當鍾流水穿過蟲群過來的時候，蟲子居然自動分道，完全不敢碰到鍾流水的身體。

「神神神神神神棍，牠們沒眼睛，不可能把你看成一棵樹！」他狂吼。

「當然啦，其實是因為我身上的桃木氣味能驅蟲。」鍾流水慢條斯理解釋。

白霆雷再也顧不上面子了，跳到鍾流水身上去趴著，附著在他衣服上的蟲子突然間紛紛掉落，幾千幾萬隻蟲子就這樣圍繞著兩人，卻不敢踏入鍾流水身旁一公尺的距離之內。

「下來，你很重！」鍾流水罵著身上的無尾熊，因為這無尾熊背上還有一堆行李。

「絕不，你身上很安全。」白霆雷打死不放手。

鍾流水反手重擰白霆雷的大腿，痛得白霆雷眼淚如泉水般噴出來了。

不、他還是不放，就算會被神棍笑自己孬種，他也絕對不放，因為那些蟲子比鍾流水還恐怖！

可是、神棍你太他喵的沒良心，肉都快被擰掉了~~

鍾流水沒料到白霆雷居然能忍到這種程度，大概是白澤的虎魄回歸，所以忍痛度增強了，不錯不錯，下次踢他踹他丟他拖鞋的時候，也就不必特別壓下幾分力道，可以盡情的揍……

想到這裡，鍾流水心情也好了，終於笑吟吟說道：「……下來吧，我給你灑些桃花粉，香味經久不散，蟲子不會再咬你了。」

「不會是為了騙我下來，唬我的吧？」

鍾流水一揮袖，一把晶瑩的細細花粉朝後灑，弄得白霆雷一頭一臉都是香味，他還不小心吸了一些到鼻子裡，哈啾哈啾噴嚏打不停，手抓不住就跌在地上，立刻又痛得跳起來。

「唉唷喂呀我的屁股！」

「屁股怎麼了？」

「被咬了！這些蟲到底有沒有毒？我還能見到爸爸媽媽嗎？」白霆雷一想起自己都還沒討老婆生小孩孝敬爸媽，眼睛紅了。

鍾流水蹲下身，隨手撚死一隻小蟲子，說：「這是食屍蠹魚，終年生活在黑暗地底，所以體色和眼力退化了，對於腐屍的味道卻特別靈敏，愛吃埋於地下的人屍腐肉，本身是沒有毒的，只是……」

沒說出口的疑問是，蠹魚其實是地獄奪谷的特產，怎麼會到地面上來？又為什麼這些蠹魚學會了攻擊活人？

「沒有毒我就放心了。」白霆雷一面打噴嚏，一面催促，「快走快走，我一看見這些鬼蟲子，身體就會癢……我身上的香香粉夠不夠？你多噴些來！」

「香香粉的效果有限。這樣吧，我給你一朵桃花別在身上，效果可以維持一天一夜。要不要？」

「要。」白霆雷答應得快。

鍾流水飛去一朵香噴噴的桃花，不偏不倚的插到了白霆雷耳朵旁，囧啊，正要拿下來，卻被喝止，原因是——

「桃花放在頭顱旁邊的位置最適當，香味能由上往下飄散，形成保護層……不信就算了，花還我。」鍾流水皺眉頭伸手。

「我相信我相信。」白霆雷急忙說道。

雖說相信，但是事關顏面，他還是左右看了看，想想這裡也沒其他人，有也是死人骨頭，誰能笑話他？戴花就戴花嘛！

鍾流水繼續轉身走，很努力壓抑下笑意。唉，寵物的腦筋還真是單純，隨便唬唬就相信，這一路上果然都不會無聊了。

穿過灌木野草叢，前頭卻是連綿山谷，谷裡漸漸有雲霧湧出，白霆雷本能的覺得很邪門，似有危機潛藏。

「還繼續走嗎？」他問前頭走著的鍾流水。

「為什麼不走？」鍾流水回頭，小霆霆問的什麼笨問題！

白霆雷答不出來，只聽見山風吹得前頭人的衣衫獵獵作響，竟然有股蒼涼之意。

開始進入植被更為濃密的山區，山谷毗連，奇岩堆疊，給人的感覺是又詭異又奇特，當中始終有一條不甚明顯的小路貫穿其中，應該就是姜村人運送藥材時的唯一通外道路，但是一路走來，白霆雷的眼角常瞄見有黑影掠過，轉頭看時卻什麼也沒有。

人家說風聲鶴唳，草木皆兵，難道是他太敏感了嗎？神棍卻任何表示都沒有，他想想也就算了，有事神棍會頂著。

雲霧騰騰滿山谷，伸手不見五指，兩人這下不得不停步。

白霆雷把行李往地下一扔，靠著塊大岩石，身體幾乎也就罷工了，眼皮有千斤萬斤那麼重，他想覆蓋這張牌、結束這回合……不對、是眼皮覆蓋眼睛，結束今天這回合……

才剛昏迷下去，有人猛搖他的頭，「喂，別睡！」

「別……別搖……」他嘟嘟噥噥。饒了他好不好？他連走了兩天的山路，全身骨頭都被醋酸給淹滿，誰吵他都得死……

「你聽到了沒？」鍾流水警戒的提醒。

「好啦好了……我聽……別再搖我……」

白霆雷無奈微睜眼。怪了，怎麼會有轟隆隆的聲音？打雷嗎？也不像，卻見萬鳥驚飛，地表震動，氣勢排山倒海，像是有千軍萬馬正從山之外奔騰而來。

「拍電影……或者土石流……」白霆雷隨口猜測。

「不，陰氣都漫出來了。我猜是千鬼萬鬼競奔，才會造成這樣的聲勢。」

一聽到千鬼萬鬼，白霆雷就像被澆了一大桶冰水，整個人都緊張起來。他瞪大眼睛往聲音來源處找，在縹緲雲翳裡聽見規律的震踏聲、岩石滾落山壁的磕碰聲、更有短兵交接，戰馬嘶鳴，吶喊聲撕裂長空——

「神棍你真的別唬我，外頭是打仗了吧？」白霆雷質疑的很氣虛，就算是打仗，在二十一世紀的現代，武器早都以槍砲為主了，誰還拿不合經濟效益的刀劍矛戟？

突然間天上雷電交加，鬼哭神號接踵而至，當雷電打亮山谷的那一剎那，濃霧裡出現了些密密麻麻的騎兵，他們威喊震天，正驅策著胯下的戰馬朝這裡馳騁。

戢戢攢槍霜雪耀，騰騰擊鼓風雷磨——

「走！」鍾流水一見態勢不妙，二話不說先跑。

白霆雷愣了幾秒鐘。喵的神棍平日最懶，這時候跑得卻是剽悍，表示他相當忌憚那些騎兵，既然如此，白霆雷也就跟著撒開兩腳大步跑。

神棍你等等我，我們不是手牽手的好朋友嗎？就算是逃，也得肩並肩、心連心才行～～

荊棘盤地山石尖銳，白霆雷磕磕碰碰也不知跌了多少次，卻不敢落後，知道只要一跟神棍拉開距離，就會失去他的蹤影，而後頭千軍萬馬卻又逐漸逼近。

也不知是不是巧合，鍾、白兩人的逃命路線正好在他們的行進路線上，或者他們根本就是衝著兩人來。

腳下隆隆震動，直比六、七級以上的地震。山石從兩旁紛紛跌落，幾次差點砸中兩人的頭。

鍾流水一點兒也不停頓，直到大股陰風襲擊而來，雷光落在身後不到十公尺的地方之後，他突然回身撲抱住白霆雷，兩人滾入人高的灌木叢裡。

摔得流出眼淚的白霆雷生氣的喝問：「搞什麼……」

「別說話，閉住呼吸！」鍾流水急促小聲提醒。

白霆雷還要問為什麼，嘴吧跟鼻子已經被摀住了，鍾流水知道這隻笨蛋一定有很多嘰嘰歪歪的問題想問，乾脆一勞永逸幫他住嘴。

陰風颯颯。廝殺喊打若雷貫耳。鐵蹄錚錚踩踏於陡峭山岩之上，竟輕盈如履平地。

白霆雷透過灌木叢的縫隙間，目睹大批人馬騰雲駕霧經過身邊，詭異的是每匹馬前都飄著一盞淡綠青燈。

更恐怖的是，騎在馬上的那些士兵身上幾乎都沒肉了，乾乾癟癟的皺皮貼緊骨頭，有些眼珠子還搖搖晃晃掛在眼窩之外，類似喪屍。

魯鈍如白霆雷這下也能確認，騎馬的這些絕對是鬼！

幾分鐘之後，騎兵終於越過了他們，繼續類似巡繞領土的動作，鍾流水這才放開手，白霆雷立刻破口大罵。

「神棍我差點兒被你給悶死，藉機殺人也不是這麼個殺法！」

「笨蛋，他們對人類的生氣最為敏感，你一個吐氣就能吸引它們注意。」說著幽幽嘆了口氣，「唉、我又救了你一命，怎麼報答我呢？回田淵市後，記得每天來桃花院落洗毛坑啊……」

白霆雷假裝自己耳聾了，沒聽到鍾流水後頭那些話，卻是心有餘悸望著那些鬼騎兵遠去的背影。

「那些到底是什麼？」他問。

「陰兵過路。」

「什麼陰兵過路？」

「當某個地方在經歷過一場大災難之後，陰兵就會集體出現，要押解大批冤魂回地府，過陰兵的時候，數量多，聲勢大，容易被人類目擊，他們都知道陰兵借道了，必須趕緊迴避……」

「這裡剛出現過天災？」

「不，真正的陰兵是由地府的牛頭馬面夜叉羅剎所編制，剛剛那些卻是不肖術士到亂葬崗去收集的死人骸骨。往骸骨裡打入孤魂野鬼，訓練成山區裡的巡防部隊，專門針對闖入的外來者，比如說你跟我……」

白霆雷吞了吞口水，暗罵十殿閻王是怎麼管事的？讓一大堆孤魂野鬼在外頭遊蕩，怠忽職守、怠忽職守！

鍾流水嘆口氣，繼續說道：「……我一踏入不歸溝就覺得奇怪了，有人在這裡設了大型的禁鎖陣法，要讓生者止步、死者鎖魂，走了一天之後，卻只碰上食屍蠹蟲，還失望了一下下呢。」

「哇操為什麼不早說？！」白霆雷大叫。

「還不是怕嚇了你。」鍾流水搖搖頭，自言自語，「唉、我愈來愈體貼了，有違本性，真擔心自己快要遭遇天劫……」

哪門子跟哪門子啊！

白霆雷不想再跟這有極度自戀狂的人說話了，回頭朝陰兵逝去的方向看。怪了，陰兵陣中似乎起了騷動，停滯在坡下隘口。

「不對勁……」鍾流水驀地說。

就見滾滾青霧飄上天空，馬嘶人哮兵刃相撞。

白霆雷忙問：「鬼打架？」

鍾流水觀望了一會之後，判斷說道：「陰兵之中，有另一股煞意剛強凶頑，掌天地肅殺之權，看來陰兵碰上了其他外來者，打起來了！」

「過去看看怎麼回事。」警察的職業病犯了，要去排解紛爭。

鍾流水也挺好奇的，除了自己之外，還有誰對姜村起了興趣？那青霧似曾相識，他肯定曾在近期之內看過，何時呢？

一時之間想不起來，沒關係，跟著警察大人去瞧瞧。

青霧之中的確正有一場混戰，陰兵們手執矛、槍、戟、殳，圍困住一個清瘦的小個子。金鐵交擊鏗鏘亂鳴，小個子戰力驚人，無數陰兵身首異處，而這數量還在增加之中。

小個子愈戰愈勇，面對源源不絕的敵人，卻是興奮無比，看來相當享受戰鬥所帶來的樂趣。

「誰啊，那麼威！」白霆雷隨著鍾流水隱身在一塊大石頭後面，看得瞠目結舌。

「在我看來卻是有勇無謀。這陰兵數量太多，想要全滅，這一晚上不用睡覺了。」鍾流水不予認同，對他這個大懶人來說，喝酒睡覺才是天大的事。

平心而論，與陰兵對戰的那人戰意激昂澎湃，本身就是一把凌厲的兵器，無人無鬼能阻擋其鋒，斥喝騰挪於山谷之間，他是光華縱橫，混沌中舞出一道又一道銳利的金屬冷芒。

陰兵們採取鬼海戰術，左右前後撲擊不停，讓夜晚的山間沸沸騰騰，像一鍋煮開了的水餃；小個子殺了一陣，似乎不耐煩了，突然抬腳往下一踩，身體能量傳達到地下，轟隆一聲巨響，大地抖動，震波呈環狀蛛網朝外裂散，所有的陰兵都像骨牌效應一樣往外傾倒，就連遠處的鍾、白兩人也差一點兒跌到地上。

白霆雷緊抓著大石，臉都白了，問鍾流水，「那、到底是神是鬼？」

鍾流水面色凝重，喃喃自語：「難道是……」

急如旋風跳將出去，鍾流水摸出一片桃符，咬破手指書寫天兵神火符，腳踏七星北斗陣，驅邪指訣上比，大喝：「天兵神火妖魔震退，急急如律令！」

天兵神火之術能召喚熾盛陽氣，欺霜侮雪除寒凍，配合仙木施用，更是具備了強烈的驅邪能力。仙火帶起野火，驅散了濃霧，陰兵們驚恐又迅速的朝四周分散，一個個沒入黑暗之中。

轉瞬間，風平浪靜，風清月白。

荒郊野外蟲復鳴，蛙又叫，不久前還戰得烈烈轟轟的谷間，此刻卻只站著那位小個子，他衣衫於狂風中紛飛亂舞，一雙凶狠的紅眼裡頭，邪氣凜盛璀璨。

他正在氣憤，氣憤有人打斷了他的遊戲，而他很快也找到了那個終止這場遊戲的人。

「汝為何人？」他問鍾流水，語音若金石敲銅鐘，震撼人心。

鍾流水謹慎踏前，反問：「你又是誰？」

「想套出吾之真名?桃花仙，賭約不是這麼玩的。」

鍾流水壓眉沉吟，往前倏搶三步，一近對方便手掌暴翻，啪，史上最剽悍最無理最石破天驚最令人痛不欲生的巴掌直接甩出——

中招的小個子橫飛後翻了一圈，眼見就要摔到地上，這時卻有人從旁邊奔過來，居然及時把人給接住了，但因為那翻飛的力道太強，兩人還是往地上滾了幾滾，才終於完全卸掉那力道。

救人者灰頭土臉，驚魂未定對鍾流水說：「……鍾先生……這巴掌太重了……」

被抱著的那個人卻是一臉茫然，眨眨無辜大眼睛左看右看，怪了，他怎麼會在這裡?

然後他指著白霆雷，呵呵笑著說：「白叔叔，你頭上戴花要當新娘子喔?」

白霆雷目瞪口呆，最不該出現的兩個人，居然就在他眼前了。

鬼事顧問、零陸。玄女符。

# 【第貳章】草深多蛇，林密多狼。

與陰兵大戰，又被鍾流水無情甩巴掌的人，赫然竟是姜姜。

姜姜是誰？

他就是鍾流水的親外甥，據說是天兵一枚，今年十六歲，就讀稻穆高中一年級。

至於義無反顧救下姜姜的人，自然就是姜姜的麻吉同學張聿修；跟姜姜的天兵性格不同，張聿修是好同學、好小孩，家裡開神壇，也是學有專精的小法師一枚。

「白叔叔，你頭上戴花要當新娘子喔？」姜姜跳下來左看右看，哈哈，白霆雷頭上戴著一朵桃花呢，肯定是又被舅舅捉弄了。

白霆雷聽到姜姜這麼問，莫名其妙，「花？」

就連張聿修都噗一聲笑出來，然後可能覺得失禮了，別過臉，指指白霆雷的腦袋說：「那個、頭上有花。」

白霆雷臉色大變，終於想起自個兒頭上戴著什麼了，花啊、還是朵嬌滴滴粉嫩嫩的小桃花，啊啊他雄赳赳氣昂昂的氣質都沒了！！

「神棍你又、可惡、怎麼不先提醒……我一定要、我、你這個、你……」

「我怎樣？是我逼你戴花的嗎？」

「不……」縮回脖子。

別怪白霆雷孬種，因為天底下所有的髒話都無法完美詮釋這坑爹坑媽坑弟坑妹的情緒，乾脆不說了。

在他忙著扯花的當頭，鍾流水卻想，兩個高中生怎麼會跑這裡來？就連他本人離開田淵市前，也料不到自己最後會來到這麼一座荒山野嶺。

或者該問：誰讓他們來的？

趁著白霆雷搭帳篷、姜姜流口水堆柴火說要舉辦烤肉大會的時候，鍾流水拉著張聿修，把整個經過問一遍。張聿修於是將同班同學陸離居然是仙人變化，還無緣無故攻擊姜姜的事情鉅細靡遺說了。

「……姜姜指了個方向說要走，我只好買了份地圖，一個城市一個城市的到訪、停留。」張聿修有些無奈，「姜姜從車上看見這座山，說就是這裡了，我才緊急添購入山的設備。」

就在鍾、白兩人前腳剛離開席村，張、姜兩人也後腳進入同一個村子，同樣被告誡不能跨越不歸溝，很可惜，當時的姜姜還處於黑化之中，甩也不甩村民，大踏步走入山裡，張聿修只好揹著行李跟在後頭。

踏過不歸溝，張聿修就感受到此地強大的禁咒，本想提醒姜姜，對方卻是健步如飛，對這山毫不陌生，張聿修只能默默跟在身後。天黑後兩人吃了乾糧便休息，夜半姜姜卻突然興奮的往陰兵的方向奔去，彷彿找到了好玩的事物，直到鍾流水前來制止。

「靈衣兮被被，玉佩兮陸離，指的是九歌裡的大司命；貪狼的另一個名稱就是司命，那位同學叫做陸離，跟阿七在一起……」鍾流水冷笑，「原來貪狼星君早對姜姜懷有疑心。」

「陸同學是貪狼星君……」張聿修又驚又疑，問：「他為什麼來？」

鍾流水不正面回答張聿修，卻把姜姜召來，問他：「來這裡幹什麼？」

姜姜想了想，搔搔頭，東看看西看看，怪了，他不是正跟張聿修逛公園撿隕石嗎？怎麼撿到深山裡頭來，還碰上了舅舅？臉頰好痛喔，每次他睡覺迷糊了，或者無意識跑到外地，醒來後臉都刺痛，夢遊的後遺症嗎？

鍾流水看他臉色就知道是問不出答案了，轉了個話題，要他脫下上衣。

「幹什麼呀舅舅？」姜姜問是問了，卻還是乖乖脫下衣服，露出他那一身跟竹竿差不多的小身板。

鍾流水繞到他背後瞧，嘆氣，當初安排隱身在姜姜身上的見諸魅不在，怕是遭到驅趕了，想來貪狼星君那一番試探，倒真是把姜姜的本性給勾引了出來，然後……

但、姜姜為何執意來此？這裡真是當初他倉皇離去的家鄉？

「可以穿衣服了沒？好冷啊～～」姜姜抖抖抖，也不懂目前鍾流水心中的疑問與盤算，只是睜著圓滾滾骨溜溜的大眼睛，轉頭看著背後的舅舅。

然後他也看見張聿修身上都是腫包，「咦、章魚你都不章魚，變成生氣的河豚了，好好玩！」

張聿修苦笑，「你忘了？我們碰上了一大群食屍蠹魚，只攻擊我不攻擊你。幸好我跑得快，只被咬了幾口……我聽父親說過，食屍蠹魚只會吃死人，我卻在牠們的巢穴附近看到十幾具骷髏，這裡的品種可能不同。」

張聿修說得輕鬆，當時的境況卻是驚險萬分，幾萬隻蠹魚朝他圍來，他急病亂投醫的往地下放了幾球雷厲光，蠹魚們起火燃燒，然後姜姜拎起張聿修領子，一躍幾十尺高，就這樣離開了險地。

鍾流水往張聿修身上灑了些桃花粉，瞬間讓他也香噴噴，說：「食屍蠹魚畏懼桃香，姜姜有一半桃仙的體質，所以蠹蟲不咬他，只咬你；現在我替你灑了些桃粉，不會再咬你了，放心。」

白霆雷在旁一聽，不確定的問：「神棍你不是說香香粉的效果有限，必須頭上戴花，才能維持一天一夜不被咬？」

「我騙你的。」

神棍我現在就要殺了你！啊殺──

砰一聲，某警察被踢飛了。

鍾流水接著左手按上外甥心口，隔著皮囊與肋骨，可以感覺得出，外甥心臟的強度比一般人來得強勁有力，身材雖然瘦小，裡頭卻廣泛如虛空，是能夠包容無窮無盡力量的載體。

鍾流水嘆口氣，問他：「我是你的誰？」

「舅舅啊。」姜姜眨眨眼，唉唷舅舅問的什麼怪問題。

「沒錯，我是你親舅舅，你是我親外甥，你跟我有血緣上的關係。」鍾流水說。

一旁的白霆雷跟張聿修自然而然也把鍾流水的問話聽在耳裡，兩人不約而同想：鍾流水腦筋出槌了，廢話，親舅甥當然有血緣上的關係。

鍾流水繼續說道：「血緣是一種殘忍的聯繫，是你想甩都甩不開的大包袱，剪不斷，理還亂，你是我的枷鎖，我也是你的枷鎖，懂嗎？」

姜姜的兩顆眼睛都轉成漩渦了，舅舅講的話比數學公式還難呢，這是為了懲罰他偷偷離家跑出來玩嗎？

「天地分清濁，日月朝暮懸，鬼神掌死生，血親若絲連，別以為你逃得開、看得淡。」鍾流水下了結語，手離開外甥胸前，最後找到附近一株樹旁，閉目休息。

張聿修小聲問姜姜：「鍾先生在說什麼？」

真是高估了姜姜的智商。

只見姜姜歪歪頭，最後拍手說：「我知道啦！因為我跟舅舅有血緣上的關係，將來他的遺產都給我。對、沒錯，所以白叔叔以後也會變成我的財產、還有見諸魅、小玉，還有桃花院落。」

「喂喂喂，我不是你們家的財產！」白霆雷氣急敗壞大叫。

「白叔叔你是啊，還有章魚……嗯、不對，章魚是我的財產，如果我死了，章魚你就歸舅舅的了。」姜姜開始盤算起來。

張聿修淚，他跟白霆雷一樣，都不是誰的財產好不好！

下半夜沒再遇上任何事，只偶有幾聲狼嚎飄過天空，但聽在累壞累癱的白霆雷、張聿修及姜姜耳裡，任何鬼哭都是拂過耳際的清風一陣。

誰理啊！還不如黑甜鄉裡一枕到天亮。

除了鍾流水。他偶爾在鬼哭啾啾時微抬一抬眼，也不知是看著什麼，還不忘轉頭瞧姜姜有沒有安穩裹在睡袋裡，聽他睡得呼嚕嚕，才又闔上眼皮，直至天明。

意外的，鍾流水並沒有把姜姜和張聿修給趕回去，而是讓他們跟著，與其把姜姜放在外頭，讓天上星君給糟蹋，還不如收到自己眼皮子底下，隨時看著還實在些。

另外一層更深的考量是，姜姜會在無意識之中來到這裡，更證明了姜村就是小妹曾待過的村落，藉由姜姜的現身，會引出他的生父嗎？這背後是否有更多引人深思的謎題？

答案若不自動來到眼前，他就親自往前去看一遭。

更重要的是，姜姜的時候不多了，他知道。

天亮後又開始了探山的行程，迤邐不絕的山丘上，白雲覆蓋若帳，四人在大片竹子及其他植物的石灰岩間行走。

因為臨時多了兩人加入，隊員的排列順序有更動，由鍾流水走在最前頭，後頭跟著姜姜，接著是張聿修，最後才是白霆雷。鍾流水爾偶回頭提醒大家：草深多蛇、林密多狼，除此之外，一整個上午的行程倒滿輕鬆的。

多了姜姜，隊伍可熱鬧啦，一下子他看見路旁有紅紅的果子，摘下來就想吃吃看，一下子見前頭跑過一隻不知名的小動物，立刻吆喝著張聿修去追，說晚上烤肉加菜，總之是少年不識恐怖味，為吃烤肉強說捉。

玩著玩著，姜姜走山路的興奮感很快就萎了，改而朝後騷擾著張聿修。章魚章魚你帶手機了吧？我想玩憤怒鳥……不能浪費電？好吧……我走累了，揹我……

「出門在外別想著靠別人，自己的路自己走。」鍾流水難得露出長輩的姿態教訓人。

「知道了。」姜姜委屈低頭。

鍾流水點點頭，孩子果然還是要教的啊，不過嘛，走了這麼一陣子，腳的確瘦了，他往後喊：「小霆霆你變成老虎來馱我。」

白霆雷怒，有其甥必有其舅！

中午時在某座山頭上略作停留，舒展舒展手腳，吃些乾糧喝點水，姜姜問還得走多久啊？舅舅到底是要帶他們往哪裡去？

「快到了。」鍾流水指著遠處的裊裊炊煙，「有人正在燒火煮飯，那裡就是我們的目的地，姜村。」

炊煙飄起於谷間的小盆地裡。青竹綠樹中，粉牆黑瓦掩掩映映。一條小溪穿繞而過，溪畔點綴花朵。在已經趕了三天山路的一行人眼中，小村無疑人間仙境。

白霆雷最後疑惑問道：「神棍你說有墓，在哪裡？」

「不封不樹，無墳無塋，弄得如此隱密，才能防止外來者找到墓。唉呀呀，我更好奇墓裡頭埋的是誰了。」

「總之你不知道墓在哪裡就是了。」

「比起墓來，我更希望知道姜村的族長是誰。」鍾流水低聲說道。

姜姜也好奇的走過來，學白霆雷踮腳看。然後他大呼小叫：「欸欸，我好像看過這樣的風景，小時候，跟她——」

想起跟她倉皇跑來此處，驀然回首，看到的就是這樣的景象。

「她？」鍾流水問。

「記不太清楚了。」姜姜搖頭，又是一副天真爛漫的模樣。

# 貳·
# 草深多蛇，林密多狼

鍾流水也不追問，四人再度翻坡過頂的趕路。就在進入一處山坳處時，四周戛然靜止，山裡該有的鳥拍翅、蟲亂鳴所發出的亂響全沒了，他們就像處於一間透明的玻璃樓房裡，所有的聲音全被隔絕在外。

「小心。」鍾流水提醒。

白霆雷開口說：「是不是有誰跟著我們？」

張聿修也跟著回應：「我也有被偷窺的感覺，不懷好意的那種。」

姜姜摩拳擦掌，「嘿嘿我血量滿滿，這就打怪撿寶物，Boss 我來囉！」

鍾流水、白霆雷、張聿修同時怒聲斥喝：「閉嘴！」

姜姜委屈了起來，乖乖低頭繼續走路。

遠處突然有笛音響起，婉轉悲切，淅淅颯颯，轉折處如野獸低鳴，哀怨又若野鬼夜泣，深山幽谷乍然傳來這種樂音，聽的人都不由得毛骨悚然。

「有人在附近吹笛子？」白霆雷抖掉身上的雞皮疙瘩後，問。

鍾流水停步，說：「那是骨笛。」

骨笛，以活了百年以上的鷲鷹製成。鷲鷹最擅長捕獵，光憑尖嘴跟利爪就能撕裂一隻黑熊，殺意煞氣布滿全身，抽出牠翅膀上最大一根空心翅骨就能做成骨笛，吹出的曲調與竹笛完全不同，竹笛的音色渾厚柔和，清新圓潤，骨笛卻有濃烈的殺伐味。

或者吹笛的人滿含悲憤怨氣，隨著嗚嗚笛音而滔滔宣洩，他們卻一直都沒見到吹笛的人，那人似乎刻意避著他們。

鍾流水忍不住皺起眉頭來，知道吹笛人並不是因為怕他們在山中走路無聊，所以用音樂來幫他們打氣；相反的，這樂音滿含悲切，最容易吸引怨魂前來，也會鼓動山魈狐魅，昂起牠們噬血啃肉的欲望。

鍾流水提醒其他三人，警醒些，無論如何都別分散。

笛音繼續圍繞著他們流淌，這是一種警告，四人已在吹笛人的掌握之中。

可能是為了打破這受制於人的僵局，鍾流水開始閒聊起來。

「知道笛子是誰發明的？」

「不知道。」姜姜快答，基本上他腦裡的知識常識都不多。

「黃帝有個叫做伶倫的樂官，取懈谷的竹子，模仿鳳凰的啼鳴，制定了十二音律；同樣的，炎帝也有個酷愛音樂的臣子，笛琴雙絕，曾經獻上《扶犁曲》、《豐年詞》為炎帝祝壽，但是後來……」

「怎樣了啊舅舅？」姜姜追問。

「那位臣子能文能武，對炎帝忠心耿耿，憤恨炎帝在阪泉戰後遭黃帝欺辱，又聽到炎帝的後裔蚩尤在涿鹿被斬首，他氣不過，孤身到北方向黃帝宣戰，一番苦戰之後，被黃帝斬下頭顱，從此成了無頭的人。」

姜姜吐舌頭，「好可憐，沒有了頭，他不就不能吃飯、也不能吹笛子、玩音樂了嗎？」

鍾流水陰笑，「沒有眼睛未必看不見、沒了嘴巴未必不會說話。他失去了頭，卻以乳作眼、以臍當嘴，整個身體就是他的頭，舉盾牌與戰斧，誓言與黃帝對抗到底。」

「哇喔、好威！」姜姜遙想無頭的人舞盾弄斧，銳嘯颯颯，自己也好像化身成了戰神，到了電玩遊戲裡，過關斬將，殺盡一切阻礙在前方的怪物。

白霆雷也同樣對這故事有興趣，追問：「後來呢？與權貴為敵，都不該有好下場才對。」

「天庭嘉賞黃帝建立三界四方新秩序，因此派黃龍接他升天，膺升中央元靈元老天君；對於炎帝，天庭採取安撫政策，讓他掌管酆都，主管冥司，成為酆都大帝。炎帝答應了，卻以此為條件，留下那位臣子在身邊，不讓他墮入地獄受刑……」

「聽來不錯啊，炎帝怎麼說，都還是個帝王。」白霆雷說。

「你錯了，酆都地獄的實權都掌握在十殿閻君手中，酆都大帝有名無實，他不過是個被軟禁於冷宮的過氣君主罷了。」

鍾流水幽幽嘆了口氣。

炎帝源自烈山，能操控火焰，以火德治天下，後裔蚩尤更是擅長以火焰冶煉金屬，配合幽都君王土伯提供的精良礦石，製造出的武器精良蓋天下。

天庭知道，若是讓這一族人捲土重來，幾千年前的人神混戰將重新開啟，屆時天地統治權或將易主。所以把炎帝困於地獄，收了土伯，囚禁蚩尤魂魄，並將蚩尤八十一位氏族兄弟囚禁於黃泉之下，這是乘黃龍升天、被封為「中央元靈元老天君」黃帝的意思。

但也因此，昔日位於度碩山上桃花樹下的鬼門關因此被封閉，天庭另闢地獄來收容鬼魂，也就是如今為人熟知的陰曹地府。

笛音乍停，似乎也明瞭了鍾流水那一聲嘆息裡，某種時不我與的感傷。

「沒了頭的臣子到底是誰？」白霆雷又問。

「是……」鍾流水又往四周看了一眼，「……刑天。」

## 貳・
## 草深多蛇，林密多狼

這兩個字似乎引起了吹笛者的共鳴，笛音突然止歇，大風無預警颳來，風裡更有銅鈴淒切，濃密的臭味自上風處吹來，那是比放屁、臭腳丫、鹹魚還難聞的臭味，更類似於冰箱底下死老鼠擱置三天以上的屍氣，簡而言之，那就是一種腐味。

人類對於氣味的感受力是很強的，因為氣味能牽動腦裡的記憶區，讓人瞬間想起上回聞到同樣氣味的情景，所以白霆雷很快就知道那是哪種動物發出來的特殊味道。

「果然是䰩傀！」他小聲的說道。

鍾流水顯然也被勾起了同樣的回憶。䰩傀是守墓獸，會出現在這裡，表示古墓就在附近。他立刻對張聿修交代：「你護好姜姜，我跟小霆霆來對付䰩傀。」

張聿修沒見過䰩傀，但發現鍾流水神色凝重，加上明明是下午，山裡卻陰氣陡升，跟昨夜陰兵過路時的情況差不多；這陰氣裡還摻和著某種鬼氣，怕是有實體的鬼物，他嚴陣以待，掏出口袋中的銅錢，摸出一條紅繩，臨時弄出一把銅錢劍出來。

姜姜又有話說了，「就這麼決定了，章魚你來頂Boss，我在後頭撿寶，放心，會分你一份。」

「這不是『天穹榮耀錄』！」張聿修很努力的壓下想要咆哮的欲望，天兵姜同學，這不是玩遊戲，是真的遇怪！

「那我……」

「你也不是法師，不能治療加血！」

姜姜搓搓下巴，搞不懂，這不跟電腦遊戲裡的設定一樣嗎？他們觸發了任務，所以小怪都聚過來了，只要打死這些小怪，就能逼Boss 現身，Boss 在死亡前都會打出大絕招，要是沒有法師及時給主力輸出或者補血療傷，怎麼可能撐到Boss 葛屁？

章魚好笨！

鈴音由縹緲漸至清晰，叮、叮、叮、叮不絕於耳，不斷有枯枝被踩踏的聲音，一雙雙紅色的獸眼在草木之間忽明忽暗，腐屍味更加濃郁。

「鈴音是用來驅遣骴傀的，很快牠們就會現身，千萬別被咬到。」鍾流水提醒。

白霆雷知道骴傀的麻煩處，牠們本身已經是死屍，即使斷手缺腳，戰鬥力依然不減，更討厭的是牠們的口涎能傳遞屍毒，會讓人成為白毛殭屍一具。

鈴音調轉高亢，催魂撕肝，一團團黑色影子安靜迅速而來。

那些集齷齪、噁心與病態的生物能激起人類的畏懼，讓人呼吸急促心跳加快，以為是暗夜中的夢魘襲來。

張聿修或許也有些害怕，但多年的訓練讓他學會了臨危不亂，銅錢劍舞清影，把姜姜護在中間。而鍾流水動作更快，揚手打出滿天桃花，花香濃郁似雨，一下子就壓下那些摧殘身心的腐臭味。

數千花朵翻飛轉折，全往暴起的骷傀黏了過去，劈里啪啦炸了開來，但這樣的攻擊居然只讓骷傀們皮開肉綻，對皮肉經過藥水淬鍊過的煞狼而言，這樣爆炸的程度頂多阻止牠們一下。

鍾流水搶的就是這麼一點時間，大喝：「跑！」

姜姜一馬當先，張聿修忙跟在後頭。

白霆雷則在最後頭墊底，一面跑一面責怪他前頭的鍾流水：「你的娘砲招不管用，上次就試過了！不是會召喚天外飛星嗎？就用那招！對了，順便丟些武器來，我守外野。」

「你的爪牙就是最好的武器，求人不如求己。」鍾流水很不屑的拒絕了。

可惡、老子不跟你好了！白霆雷咬牙怒罵，最後比起手刀。哼，誰敢來就把誰給劈開！

幾條骷傀惡躍來咬住白霆雷屁股，牢牢勾住他，身軀隨著他的跑跳而上下搖晃。白霆雷齜牙咧嘴劈下手刀，骷傀頭骨整個碎裂，綠色體液及碎肉噴濺他滿身。

白霆雷呆了一下，他手勁何時變得如此沉重？跟白澤的回歸有關嗎？還來不及細想，又有狼獸撲來，白霆雷喊一聲殺，長腳往狼頭一踢，又是一大團碎肉噴來。

眼見同伴被殺，反倒助長了骶傀們的凶性，嗥吼著前仆後繼奔來，白霆雷也殺出了性子，伸虎爪、揚利齒，化為虎身衝入骶傀群中抓掠撲騰，就像那些是他不共戴天的仇人。

成為白澤的白霆雷雖然勇猛，但他就像入了蟻群的大象一樣，爪子撕裂了其中一隻，另外十隻便跟著勾上他的皮毛，很快掛滿他身上，弄得他左支右絀好不狼狽。更多骶傀聚集了過來，除開阻擋白霆雷那一組的數量稍多，剩下的則均分為兩組，一組圍住姜姜和張聿修，另一組則眈眈盯著鍾流水。

這時候就看得出這群骶傀訓練有素了，這裡張聿修飛舞銅錢劍打飛其中一隻，另外就有一隻骶傀迅速上前補位，圍捕的圈圈始終不見空缺；鍾流水甩出葦索打爆一隻，血肉還飛在半空，另一隻就已經補足空缺，對著凶手輪番撲咬。

一開始幾人還能應付，十幾分鐘之後，張聿修已經略見疲態，身上甚至被狼爪子撓了好幾道傷痕。

姜姜卻是無礙，那些骷傀也不知是有意還是無心，並不將他當成攻擊目標，所有的攻擊都往其他兩人一虎合圍而去。鍾流水心中暗叫不妙，他們這三人一虎其實是散沙一盤，而骷傀卻是訓練有素，早就學了陣法來應付數人一組的盜墓集團，這樣下去，時間一久，優劣必見。

銅鈴聲依然幽幽，這提醒了鍾流水，只要收拾了那個人，奪取銅鈴，骷傀無首，同樣也會成為散沙。

鍾流水撕破衣服，咬破中指以血書寫天火正心符，符紙隨風飛上天空，無數飛星掠下。飛星雖然只有彈珠般大小，自雲霄下墜時卻成了無堅不摧的火球，強烈的衝勁將骷傀們全炸開，血肉燃燒，現場白煙密布，直比烤肉大會。

煙霧散去，現場的骷傀很明顯的有一半數量都粉身碎骨了，但鍾流水臉色則是白了幾分，卻提起一口真氣朝上飛躍，鎖定銅鈴傳來的方向。

十幾公尺外的山道旁，有一匹骨架閃閃發亮的骷髏馬，脖間青銅鈴叮咚催魂，牠背上的戰士穿一身青銅盔甲，肩膀上是一截斷頸，青銅頭盔懸浮於那斷頸之上，是曾在田淵市出現過的無頭戰士。

鍾流水抓著桃木劍飛竄過去，無頭戰士舉斧，雙方即將兵刃相接——

突然間姜姜啊啊啊大叫，叫聲慌張急促。

鍾流水回頭一看，竟是逃命中的姜姜腳下踩了個空，整個人跌到一個莫名其妙的大洞裡，張聿修伸臂要救，抓是抓到了，但姜姜下墜的力道太強，竟把救人者也跟著拉了下去，幾隻骴傀也跟著往洞穴跳了進去。

鍾流水撇開無頭騎士，凌空平移十幾步後來到洞穴上頭，發現姜姜掉落的地方並非普通的小坑，而是個巨大的洞穴，深度有幾十層樓那樣高，底下一片青綠，類似個小叢林，而姜姜和張聿修還如八爪蜘蛛一般手舞足蹈的往下墜落中。

深吸一口氣，急喝巨靈遣山咒，登時讓自己揹負了千斤之力，這讓他的下墜之勢比先行墜落的姜、張還要快速，很快就掠過兩人身邊。

「啊呀呀舅舅你也掉下來啦！」姜姜掉著落著，還不忘對經過身旁的鍾流水打聲招呼。

鍾流水沒空打招呼，墜落到差不多的高度後，立即卸掉那巨靈之力，右手劍訣，於頭上書寫「飛」字，往下寫「浮」字，吸東風氣一口，口唸飛浮獨勝咒：「欲能飛步，雲襯不停，急急如律令！」

# 貳．草深多蛇，林密多狼

谷中的風急速盤旋於鍾流水、姜姜和張聿修的腳下，緩減了三人的下墮之勢。這奇妙的飛浮術弄得姜姜很快樂，他以前就玩過啦，開始在半空中做出翻滾、繞圈圈、游泳的姿勢，玩得不亦樂乎。

三人終於落到洞中的叢林裡。

沒錯，是叢林。這洞穴底原來只是一層厚厚的石灰岩，有地下河流經過，頂上岩壁坍塌之後，落岩堆上長滿了大樹、藤本植物等等，形成了一座小叢林。

姜姜嫌這洞穴不夠深，他還沒玩夠呢。張聿修卻是驚魂未定，仰頭看。

天光如瀑布灑入洞裡。周圍的洞壁上，滿滿覆蓋著蕨類等植物，幾隻雨燕穿梭飛掠，水氣森然。

「別有洞天。」鍾流水頷首。

迅速打量環境，發現正對著姜村的方向另有一個拱形大洞，洞頂上懸垂的鐘乳石洞宛如鯊魚的牙齒，隨時準備吞噬膽敢進入的探險者。

正在考慮進不進入洞道，頭上卻傳來虎虎吼吼，波浪黑紋的白色大虎轟轟沿著山壁向下奔來，身後還跟著一群死不放棄的骷傀。

「嘖。不會把骷傀全解決了再下來嗎？！」鍾流水嚷嚷著罵白霆雷，又指著洞穴對姜姜、張聿修說：「躲進去！」

三人忙跳下滿是藤蔓和青苔的落岩堆，進入拱形門洞穴，迎面而來卻是一大片黑暗。張聿修正要取出背包裡的手電筒，卻見前頭粉色燈火冉冉而起。鍾流水托著一盞半開桃花燈，幽光照亮了通道，映出他們現在所處的環境。

穴道並不狹窄，卻完全看不到盡頭；腳下地面呈現特殊的肋骨狀，兩旁的岩壁嶙峋若雕刻而成，這是大自然的鬼斧神工所造成的奇洞。

白霆雷跟著進洞來，嘴裡還咬著被撕成一半的魈傀，他把那些鍥而不捨、死纏爛打的魈傀都給料理乾淨了。

「咦，老虎？」姜姜有些害怕，躲在張聿修背後看，他剛才雖然看到白霆雷化虎的過程，但此刻才發現這頭老虎又凶又猛又高大，利齒間還拖著綠灰色的魈傀碎肉，說有多噁心就有多噁心。

白霆雷打了個哆嗦，身體開始縮小，褪回成人類，他已經慢慢抓住人變虎、虎變人的訣竅，真要說，他還是當人習慣些。

但、他還是忘了一件事。

「白叔叔你光溜溜。」姜姜指著他說。

「啊啊啊小孩子別看！」白霆雷一時間也慌了，手忙腳亂的也不知道該遮前面還是後面，慘的是他的背包在變身時掉在上頭了，他是不是該再一次變回白澤，好回到上頭去拿？

張聿修正想拿自己背包裡的衣服給白霆雷遮羞，突然兩朵桃花憑空生出，花朵愈轉愈大，化成一套輕柔的長衫，覆上白霆雷身上。

白霆雷呆了呆，卻不是很領情。

「喂喂喂這什麼古裝款式？還有、我一個大男人，不穿粉紅色。」

「隨你愛穿不穿，反正我只拿得出粉紅色花朵。」鍾流水輕哼一聲，這個笨蛋居然跟土伯一樣挑色，老嫌粉紅色不好。

「我穿就是了。」為了避免給兩位高中生不好的生活教育示範，警察大人只能含悲忍憤穿上他最討厭的粉紅色衣服。

「鍾先生，我們是要在這裡躲一陣，還是往前走下去？」張聿修詢問。

「……姜憐曾經帶呂麒到一個地下洞穴裡，那是姜村人才知道的祕密通道，說不定就是這裡。」鍾流水說，「但是……」

「但是什麼？」白霆雷問。

鍾流水指著洞穴深處說：「瞧我的頭髮，那裡陰氣旺盛，一定有古怪。」

白霆雷一看，嚇了一跳。鍾流水頭髮亂七八糟翹，髮梢卻全指往同一個方向，也就是洞穴裡頭。他知道鍾流水的頭髮有陰氣濃淡的指標功能，陰氣愈重，捲翹的愈厲害，如今翹得跟個瘋婆子一樣，洞裡凶險可想而知。

鍾流水又琢磨了會，最後說道：「不入虎穴，焉得虎子，這就往前走。」

資深老妖孽都這麼說了，誰敢有異議？

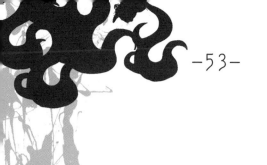

鬼事顧問、零陸。玄女符。

# 【第參章】執子之手，與子偕老。

僅靠著一盞粉色浪漫的桃花燈來照亮前路，讓洞裡的旅程格外驚險萬分，還好上頭偶有自然形成的天井，漏洩些許天光，讓他們時不時能飽覽壯闊的石灰岩壁，或是矗立穴中的巨大石柱。

幾個小時後，四人進入一個幾乎有一個足球場那麼大的溶洞，地表覆滿藻類，穴壁則呈現深淺不一的棕色。

「像迷宮。章魚，我們來躲貓貓，輸的人幫對方寫暑假作業！」姜姜玩興大發。

「不……」張聿修謝絕，兩人的暑假作業相同，基本上不管他輸或贏，都會自己完成作業，而姜姜肯定會借他的來抄，所以這賭注沒意思。

鍾流水頓步，動了動鼻子說道：「……我餓了。」

「我也餓了。」白霆雷跟著說。

姜姜插口：「白叔叔你不懂啦，舅舅說餓，就表示附近有鬼，他聞出鬼的味道。」

白霆雷和張聿修同時都緊張起來。白霆雷更是暗罵自己笨，沒錯，他都忘了神棍那小子只愛喝酒跟吃鬼眼珠子。

幾步路之後，姜姜那小子又有話說了。

「想大便。」

「找個地方解決。」鍾流水又問：「身上有沒有衛生紙？」

姜姜伸手跟張聿修討，後者遞了包隨身面紙過去，姜姜接著發現幾公尺外的穴壁有好幾個像是人工鑿成的小洞，每個洞穴口寬約一公尺、高度則有兩公尺。

「嘿、大小剛剛好，我過去啦～～」姜姜指著龕洞大呼小叫，突然又愁眉苦臉，「好暗……章魚，陪我去。」

張聿修垮下臉，姜姜你是高中女生嗎?上個廁所還要人陪。

張聿修拿著手電筒，站在一個應該聞不到臭味的距離外等著。姜姜選了個小洞穴，正要蹲進去時，又猶疑了，洞裡頭好黑啊。

「章魚章魚，你會等我吧？」

「會。」

「會等我到天荒地老嗎？」

「……會。」

「會等我到海枯石爛嗎？」

「我不准你大到海枯石爛天荒地老。」淡定少年這下都不淡定了，就算便祕，也不可能便祕那麼久吧！

姜姜終於放心的進去蹲了，張聿修知道他害怕，特意將手電筒光亮調大，對這洞穴照射，結果不到五秒鐘，姜姜提著褲子跳出來啦。

「有人搶我的廁所！」

張聿修大驚迎過去，往淺洞內望去。他依稀彷彿看見了什麼，立刻招呼人來看。

「鍾先生，裡頭有人屍。」

一聽到屍體，唉呀白霆雷奮起，他平日最愛看的電視節目就是《CSI犯罪現場》，既然有屍體，他這個警察就有用武之地了，立刻喊：「別破壞現場，讓專業的來蒐證！」

姜姜跟著湊熱鬧，他小時候都跑到隔壁巷子的小明家裡看《名偵探柯南》，早就想學學主角，跑到死人邊偷摸證據。

「我來我來，我要推理！」他哇啦哇拉叫：「真相只有一個！」

「都給我讓開。」鍾流水高舉桃花燈過來。

龕洞並不深，裡頭卻蜷臥著一具男屍。可能是洞穴濕潤又滿含陰氣，屍體腐爛的並不嚴重。

白霆雷湊過來看一眼，狐疑，「他穿的衣服很奇怪，連體的布袋套裝，什麼來歷？」

「那是老鼠衣，緊身合體，不怕被勾扯，也不會有砂塵弄到身體裡去。」鍾流水指著屍體，「他腰間還掛著鐵鎬、鐵鑿子，方便鑿開墓牆、開啟棺木，他是盜墓賊。」

「或者是呂麒那一夥的。他說過，一同進山盜墓的團伙，除了他跟姜憐之外全死光了。」白霆雷猜測。

鍾流水還沒回答，姜姜在一旁大呼小叫起來：「舅舅、舅舅，這個洞裡也有死人哪！啊啊啊、那個洞裡也有！」

鍾、白兩人過去細察。姜姜發現的幾具屍體跟最先發現的那一具相同，都穿著老鼠衣，腰上有鐵製盜墓工具。

張聿修指著其他幾個洞穴說：「這裡頭的人穿的卻是古裝，奇怪……」

總結下來，每一個洞裡都有一具屍體，全維持著輕微腐爛的狀態，應該是這裡陰氣濃烈的緣故；但不論是古是今，死者全維持同樣蜷曲的狀態，臉上表情痛苦不堪，死前似乎受過悲慘的折磨。

「我看這裡不只有盜墓者，還有人殉，或者是修建陵墓的工匠，為了確保墓葬的隱密，一旦陵墓完成，就把工匠都給殺了當陪葬。」白霆雷的推理魂再次啟動。

「……別管了，我們趕路要緊。」鍾流水嫌惡的看了那些死屍，剛剛他雖說餓了，但這些屍體有股騷味，撩不起他想吃的欲望。

往裡深入，相同的洞壁還有十幾個，同樣一個坑洞一具屍，而且愈往裡頭，屍體服裝樣式的年代就愈久遠，幾乎橫跨有幾千年之久。

「簡直像是個育嬰室。」白霆雷忍不住說了。

鍾流水又是一個頓步，接著搖搖頭，繼續往前走。

路徑卻愈來愈窄小，兩邊岩壁幾乎挨到他們的身上，窘迫感四面八方壓來，氣壓異常沉重，更討厭的是開始有岔路出現。

「怎麼走？」白霆雷指著前頭分布的三個洞穴。

鍾流水看三個洞穴同樣黝黑深邃，他最後指著中間那個說道：「走這條。」

「為什麼？」白霆雷問。

「這裡頭的鬼氣比較重，給人不祥的預感，所以我猜古墓就在這條路的盡頭。」鍾流水理所當然的回答。

白霆雷心想：神棍你改行去當考古學家吧，哪兒有墓穴你都知道。

三人在鍾流水的帶領下繼續前行，空氣開始混濁起來，青青黃黃的霧氣由地表冒出，桃花燈的光芒被霧氣吃掉大半，能見度大大降低。

「毒氣？」白霆雷心驚膽顫了，聽說有些墓室為了防盜，安排了機括，盜墓者一進入，就會啟動強力的弩箭射來，或者有毒煙冒出，來一個死一個，來兩個死一雙。

鍾流水細辨霧氣，說：「這裡被布下煙霧迷宮之類的障眼法，要讓我們自亂陣腳，萬幸的是煙霧沒毒。來，從現在起我們手牽手前進，有事立刻大聲喊。」

又要搞手牽手好朋友那把戲嗎？但這霧氣濃厚到伸手不見五指，若是不牽手，走丟了哪個，誰也不知道。

行進的速度整個慢了下來，讓後頭跟著的人都有些個不耐煩。

「我後面的人是誰啊，手黏黏的、毛毛的還有些臭……姜姜你剛剛大便完有沒有擦手？」白霆雷問。

「唉唷我剛剛忘了大便！」姜姜的聲音在前頭響起。

奇怪了，既然姜姜在他前頭，那後頭的人肯定是張聿修。白霆雷於是說：「章魚小朋友，你手毛真長啊。」

些。

「我沒手毛啊，白先生。」張聿修在前頭苦笑著說。

白霆雷突然覺得不對勁，問：「神棍你在最前頭吧？你牽的是誰？」

「廢話，當然是姜姜。」鍾流水沒好氣的答，這一行人裡姜姜最會捅紕漏，自己牽著安心

姜姜與高采烈也答：「我跟章魚是肝膽相照的好兄弟，當然也要手牽手。」

「這麼說來，章魚也在我前面，那……」白霆雷舉起後面牽著的那隻手，「這是誰的？」

「喔哦哦哦哦～～」非人類的恐怖吼音轟隆隆響起。

「體有金光，役使雷霆！」喝吼聲中，一道雷光耀閃於眾人頭頂，霧氣旋流開去，是張聿修迅速打出雷厲光。

短短的幾秒鐘內，雷光將洞穴照耀的如同白晝，大家看見白霆雷正忙著甩開一個全身長白毛的怪物，而那怪物後面，還跟著一長串同樣毛茸茸的怪物。

怪物眼睛發著綠光，瞳孔小如豆，指甲勾彎墨黑，跟老鷹爪子差不多，因為覆滿白毛，讓它們體形看起來比一般人大了一倍有餘。這讓白霆雷全身都癢了，哪來的狒狒還是猩猩？而且好臭啊，他一定曾在哪兒聞過。

更奇怪的是，這些白毛屍獸身上還穿著老鼠衣或是古裝，似曾相識。

雷光很快暗淡下來，鍾流水的桃花燈適時亮起，卻見白霆雷甩手甩得更用力了，偏偏白毛怪物跟他牽手牽上癮，不放就是不放，執子之手與子偕老、不、是執子之手一起走走，大家都是好朋友……

「放開放開！」白霆雷簡直都要瘋了。

「小心，是剛剛洞裡的那些屍體，它們原來是白甲屍獸！」鍾流水大喝，暗紅色劍芒猝映寒光，直取那位跟白霆雷手牽手的屍獸脖頸，就聽咚一聲，屍獸的頭顱彈飛，斷口處青色體液直噴壁頂，一滴都沒落在地上。

可苦了白霆雷，一顆頭就這樣在他眼前被砍掉，咕咚咚滾到了地上，就算是在刑案現場看過許多奇怪屍體的警察大人，這時候的心臟也呈現一種無力的狀態……

生命是可貴的啊，不管對方是人是動物，白霆雷驀地有種悲天憫人的情懷——

「別發呆，要被白甲屍獸咬一口，同樣會變成白殭！」鍾流水暴喝。

嚇到白霆雷了，媽媽他不要變成殭屍啊！情急之下他想要把怪物給甩開，但怪物的手像根鉗子，怎麼甩都甩不開。

白甲屍獸們嘰嘰喳喳著攀飛到岩壁之上。它們嘴裡獠牙下伸，長度過下顎，尖利若刀刃，其中幾隻更縱跳到張聿修前頭，因為剛剛被他的雷厲光傷到，為了報仇，所以把他當成下一個攻擊的目標。

驚雷聲中，張聿修再發一記雷厲光，當先一隻白甲屍獸被炸的粉身碎骨，同時岩壁微微晃動，落石紛落。

「別用雷厲光了，地洞坍塌可不妙。」鍾流水忙說。

張聿修得到提醒，不敢使用破壞性強的法術，銅錢劍一閃而前，就聽啪啪聲響，幾隻屍獸都中擊，他卻覺得劍像是砍在了鐵板上頭，反作用力震得他虎口都發麻，屍獸卻連晃都沒晃幾下。

這就是它們被稱為白甲屍獸的原因，它們身上那一層白毛看來雖柔軟，實際上每一根的韌度都可比軟金屬，綿綿密密的鋪在身上，讓它們擁有刀槍都難以傷害的實力。

至於剛才為什麼鍾流水的桃木劍能把屍獸的頭給砍下來呢？

這就不得不提一下那把桃木劍的來頭了，劍名「萬鬼敵」，前身是四千年前，寒浞用來打死后羿的那根桃木棒。后羿是天神下凡，被殺死後所產生的怨氣能夠驚天動地，那些怨氣全附著在桃木上，以那桃木製成的劍，煞氣滾滾無堅不摧，所以能對屍獸造成傷害。

張聿修沒有「萬鬼敵」那樣的神器，加上他的銅錢劍本來就是對付鬼魂比較有效，這下也不知道該怎麼辦。忽聽身後傳來斥喝，鍾流水的桃木劍旋滾飛翻，吭吭聲中，幾隻白毛屍獸喉間中戳，每一抽劍，屍獸體液如標箭射出。

「中了！」姜姜得意的拍手大叫。

高興的也太早了些，白甲屍獸既然被設定為防盜墓的一個環節，當然不可能輕易就被打敗，再說它們早已經死過一次，也就不在乎多死幾次。

白甲屍獸拖著傷口繼續朝鍾流水一行人逼近。而山壁上懸掛著的其餘屍獸，跟著吱吱亂叫，山道裡嗡嗡不絕於耳，聽得人頭暈眼花。

鍾流水舞起劍花，擋在其他三人跟那一群屍獸之間叫道：「你們先走，我來處理屍獸！」

姜姜點了頭先跑，這倒不是他貪生怕死，而是他知道舅舅本事了得，讓他們先跑，就是不要人在這裡擋著他大開殺戒；張聿修遲疑了一下，也跟著跑了，他同樣不是貪生怕死，而是擔心更往裡頭去，怕還有什麼古怪，他還是跟著姜姜，免得事出意外。

我們的警察大人白霆雷呢？

他也想跑，但無頭屍獸抓著他的手，他想跑也跑不快，偏偏這隻屍獸打算跟他牽手牽到山崩地裂似的，手掌僵硬的程度，竟連白霆雷這個大男人都掰不開，嘔死了。

白甲屍獸吼叫著去追姜姜和張聿修，鍾流水可不依，暗紅劍光於沸騰的吼聲中穿、刺、劃、挑，屍獸幾乎都中了招，但它們全然不懂畏懼，早已經失去痛覺的它們，繼續前撲後繼而來。

鍾流水砍到手都軟了，疲累之餘不小心就露出了破綻，一隻屍獸立刻指尖橫鉤，把鍾流水的脖子劃出幾道血痕，即效性的，傷口立刻翻黑。

那隻屍獸滿意的跳往一旁岩壁，抓著突出的石塊盪啊盪，又裝腔作勢的露出口內尖牙，鼓譟其他同伴們繼續發動攻擊。

「啐！」鍾流水罵一聲，騰出手摸摸傷口，發現那血都被染黑了。這是屍毒，得速戰速決才行。

他手起劍落，咕咚咕咚，一顆顆的頭顱飛撞上岩壁，又再度滾落下來。

但那些無頭的屍獸卻依然沒有倒下，還是繼續往前邁進，只不過沒有了眼睛的它們，一時間無法判定敵人的方向，於是跟其他幾個無頭的同伴在窄山道裡你撞我、我碰你，場面登時有些混亂。

「可惡、你們是有完沒完啊！」鍾流水都煩了，對後頭的白霆雷喝罵：「快變身，我准許你把白甲屍獸都給吃了！」

「我不吃！」白霆雷大吼。

「就跟你說不要挑食，真不乖！」

鍾流水火氣都大起來了，他砍頭砍了幾十個，體內凶氣都被撩起，雙目如血，比白甲屍獸都可怕千倍百倍，一回頭，劍芒亂舞，又砍了幾隻屍獸的頭。

「屍獸太多，等殺完都天亮了。神棍，快想個一勞永逸的辦法！」白霆雷再吼，他現在只想跟屍獸保持安全距離，尤其是這隻想要跟他牽手到永遠的無頭屍獸。

「好、這是你們逼我的！」鍾流水憤恨說完，往洞穴深處喊：「章魚，雷厲光！」

張聿修跟著姜姜雖然已經跑開一段距離了，但隧道效應，他清清楚楚聽到鍾流水的呼喊，覺得奇怪，也同樣大聲回問：「什麼？」

鍾流水拉起白霆雷往姜、白兩人方向衝，再喊：「兩發！雷厲光來兩發！」

張聿修搞不清楚狀況，但他對鍾流水馬首是瞻，體內雷池中積滿電力後，以金光咒導引而出，就聽雷聲轟轟，就看雷光閃閃，熾熱雷光射出，穿越筆直的山道。

鍾流水一見前頭有雷光閃竄，壓著白霆雷的頭就撲倒在地。白霆雷摔得狗吃屎一樣，正想抬頭罵人，頭上突然一片灼熱，雷光擦著他的頭掃過，這這這、只要他剛剛頭再仰高些，輕則變成地中海，重則頭皮會被掀掉一塊啊！

「神棍你你你、到底想救我還是害我？」他真的開口罵了！

「別吵，第二發來了！」

什麼第二發？還有第二發？！神棍你教唆高中生殺人一次不夠，居然來第二次！

但白霆雷徹底學乖了，見前頭亮光再閃，頭立刻低得不能再低，恨不得整個身體都埋到地底去，吃土也願意。

炎熱雷鏃飛過，頭頂開始有隆隆震動，細小的碎石紛紛掉落，這是即將有大規模落石的前兆。鍾流水一跳而起，抓著白霆雷再次往前衝奔。幾秒鐘後地動山搖、塵煙瀰漫，洞內的落石聲彷彿天崩地裂般，而他們原來撲倒的地方已經被碎石給堆滿。

這是張聿修兩發雷厲光造成的結果，雖然有些冒險，卻成功把那一堆白甲屍獸都給阻隔在落石的另一邊。

白霆雷驚魂未定。

黑暗中姜姜輕聲喊著：「舅舅、舅舅？你被白叔叔傳染笨病了啊，幹嘛讓章魚用雷厲光打你們？」

叩。姜姜的小腦袋瓜被打了。

桃花燈亮起，鍾流水於溫柔的粉紅光裡輕叱：「我這是置之死地而後生，弄一道路障，誰叫屍獸們太熱情了。」

「可是……」張聿修很無奈的提醒，「鍾先生難道不擔心，我們也同樣被堵死在這地下洞穴裡？」

「……」沉默，五秒鐘後，鍾流水打了個哈哈，「不會不會，這種溶岩地形有很多出口。就算沒出口，我也能弄個出口。」

「神棍你剛剛停頓的五秒鍾很可疑，我認為你糊弄我們的可能性很大。」白霆雷髮指鍾流水。

叩。這回是白霆雷的腦袋被打了。

「神棍你拿什麼敲我？那麼硬！」

「喔、這個啊，還好我動作快，把它……」鍾流水指著白霆雷牽手的對象，又晃了晃手中的物品，「原來的頭給撿回來，要不還得挖洞出去找。」

「哇操你撿頭幹什麼？」白霆雷恍然大悟，「你要吃它！」

「這頭不是吃的，而是要拿來跟你的牽手好朋友做配對，物歸原主懂不懂啊。」鍾流水笑吟吟，抓屍獸頭晃啊晃、搖啊搖。

白霆雷又囧了，剛剛場面驚險，讓他幾乎忘了自己還跟某隻無頭屍獸手牽手、心連心、像個連體嬰……不、說是亡命鴛鴦也不為過，但是……

「頭都被你砍了，幹嘛大費周章幫它裝回來？吼、我知道了，你怕被冤魂索命，所以想給它留個全屍……」

「我剛剛砍了起碼快一百隻屍獸的頭，每個都把頭裝回去，它們沒死我都死了。」

鍾流水想拿手中的獸頭來敲警察了，這傢伙到現在還不懂，他鍾流水朝吞惡鬼三千，暮食妖孽三百，只有鬼怕他，哪有他怕鬼的道理？

張聿修腦筋動得快，忙問：「我聽父親說過，湘西趕屍匠有一種起屍引路法，鍾先生想讓白甲屍獸引路？」

「對、就是起屍引路。」鍾流水頷首。

原來古代戰場上常常會有無名屍，難以辨認身分，湘西的趕屍匠因此研究出一套起屍引路法，先以雪山咒護住屍體，讓它們不至於在遙遠的返鄉路途中腐敗變臭，接著控制住死者魂魄；人死後，大多一心只想魂歸故土，靈魂因此會引領屍體走回到故鄉，趕屍匠只需要在途中確保魂魄不離即可。

鍾流水解釋：「這裡岔路太多，一條一條找，不是存心讓我腳痠嗎？這些屍獸生前都是盜墓賊，被地上的骷傀咬了後，先是變成殭屍，再成為白甲屍獸，擔任另一種守墓士兵，所以它們一定知道墓口在哪裡。」

白霆雷照例吐槽：「有這種好方法，全世界的犯罪鑑識小組都可以解散了，任何無名屍也能查得到身分，還可以順便問問殺人凶手是誰……」

「沒錯，小霆霆你可以報名去當趕屍匠，然後貢獻所學給警方，不過呢，當趕屍匠有些限制，首先是不能結婚生子，必須是處男才行；第二，趕屍匠必須愈醜愈好，你相貌英俊，最好先去毀個容，讓鬼見了都怕，才能順利趕屍。」鍾流水說。

「不了、當警察有前途些。」白霆雷一秒回絕。笑話，他相貌堂堂，毀容？他會先被自家的娘親給打死；更別說他未來的偉大志向之一，就是要娶個溫柔美麗的老婆，生三到五個孩子，讓他當處男，還不如殺了他好。

鍾流水讓白霆雷牽過那隻屍獸來。

因為屍獸本身就是殭屍，所以不需要再施用雪山咒，只是趕屍時，最忌諱屍體不全，所以鍾流水先往屍獸的斷脖處灌入朱砂，就見滋滋白煙冒起，他立刻將手邊的頭顱給安上，取桃枝為針，截頭髮為線，幾下俐落縫合。

接下來的過程原本繁複些，趕屍匠必須擺香祭祀，請土地放行，才能起屍趕路。但鍾流水那是誰啊，萬年老妖孽一枚，道行高深，只需嘴裡喊一聲「請」，白甲屍獸居然在沒人幫助的情況下，自行站起來了。

白霆雷曾經拖著它逃命過，這時候見它自己有了動作，受的驚嚇當然是四人之中最多的，但是最為欣喜的也是他。

「快快快，神棍，讓它放開我的手！」他甩著手大叫。

「等等。」

鍾流水慢條斯理，以鬼語咒與屍獸交流，但奇怪的是，屍獸手勁依然有力，怎麼都不鬆開，鍾流水皺眉，「怪了，它不肯放……哪個環節出錯了？」

「它愛上白叔叔了啦～～」姜姜很不負責任的說道。

「它愛不愛我都得放手，它不是我的理想對象！」白霆雷又氣了。

鍾流水聳聳肩，轉而對屍獸說：「感情的事不能勉強，你放了他，帶我們到墓口去，如果不從，我立刻用火把你燒個片甲不留。」

屍獸目前的魂魄被鍾流水控制著，鍾流水說什麼它都得聽，無奈只能放開白霆雷。

白霆雷看看自己的手，天啊，都被抓出血痕，屍獸對他的愛太恐怖了。

一行人跟著屍獸前行，屍獸對這地下洞穴倒真是熟門熟路，每到岔路口，總是毫不遲疑選擇其中一條道路，偶爾又回頭含情脈脈看著白霆雷，它真的跟白霆雷牽出感情了。

終於來到一片泥濘不堪的石壁前，屍獸說什麼都不動了，這裡看來就是洞穴的盡頭。

石壁嚴嚴實實，找不到其他可通過的小形洞穴，這一發現讓四個人變成洩了氣的皮球，因為按照鍾流水的推測，這個洞穴一定有直達姜村的通道才對，但一路行來，並沒有其他的岔路，這到底……

「回頭，找其他天井爬出去。」白霆雷如此建議。

「唉唷我不要走了，我腳痠死啦！」姜姜乾脆呈大字形躺在地上耍賴不起來。

鍾流水在泥濘的壁上敲了幾敲，想確認後頭到底是實心還是空心，卻突然間噫了一聲，舉燈仔細檢視壁面。

「發現機關？」白霆雷磨拳擦掌躍躍欲試，「千萬要小心，會有毒煙冒出飛箭射出大石頭砸下，我們躲遠些。」

姜姜一聽也不鬧了，跳起來說：「不對，白叔叔，這是觸發任務的關鍵，只要開了這道門，就能進入地下城副本，裡頭的寶物一定很棒。章魚別辜負你第一輸出的名號，我們上吧！」

說著說著小孩心性的姜姜就忍不住想敲門了。張聿修忙把他拉回來，苦口婆心勸道：「讓鍾先生定奪吧。」

「這石壁的土質跟我們一路上看到的都不一樣。」

鍾流水隨手撿起地面一顆石頭朝之敲了敲，發出低沉的鏗鳴。他又試著以指甲刮了刮，刮下一小片粉沙，嚐了嚐味道，臉色凝重。

「有種土壤取自地底深處的火岩之中，冶煉後成為息壤，堅韌強過石材，柔軟更勝黏土，只有少數幽都人民懂得煉製，但這樣的土材早已被天庭回收壟斷，人間再不得見，這裡怎麼會有……」

「所以這是人為的牆壁？」白霆雷也以指結輕叩牆壁，問：「費那麼大力氣砌一座牆做什麼？」

「笨蛋，這就是地下古墓的所在地，我們現在要做的，就是進入地下墓穴，才能知道裡頭到底有什麼古怪，只不過……」

只不過，息壤堅韌無比，不怕火不畏水又耐重擊，那麼又該如何破牆而入？

當初姜憐一定有特定的方法侵入，畢竟她是姜村的人，但如今鍾流水他們卻只能自求多福，自己找門路。

「……只好使用那招了。」鍾流水喃喃說道。

「哪招？」白霆雷問。

「不太好看的一招。」

鍾流水把桃花燈盞交給白霆雷，自己喀喀喀喀伸展手指節，盡量將血液集中推送到手指尖端，然後雙掌按上這土牆。

手指冒出極細的鬚芽，直徑大約只有人類頭髮的幾百分之一，而息壤雖然經過千錘百鍊，其中依然存在極為微小的細縫，鍾流水手上的細芽剛好能鑽入這細孔，就像樹根鑽入土壤一樣。

鬚芽漸漸發大，十根手指可以發展出幾百幾千條根莖，蠶食滲透，侵占、撐裂，鬆動了土與土之間的接合，枝條所及全都崩解錯離，咿咿呀呀的爆擠聲猶如怨婦的哭泣、哀懇。

「危險，快退後！」

白霆雷的第六感告訴他，必須要離遠些，立刻指揮兩個小孩子躲遠。

鍾流水看來也不輕鬆，豆大的汗粒如雨下，讓他本來就蒼白的臉泛上恐怖的青色，他這是化現部分真身來對抗息壤，在他錯解泥土的同時，也就同時錯解了自己的一部分，兩方其實都沒占到太多便宜。

轟轟聲響，土壁像被炸藥給炸開了一個洞，鍾流水同時也被反作用力給噴得往後跌，剛好跌在白霆雷身上，害他跌了個狗吃屎。

鍾流水一時之間居然爬不起來，暫時就把白霆雷當成床墊躺著。

「神棍你要躺到什麼時候，壓死我了啦！」白霆雷哇啦啦叫。

鍾流水沒說話，直待煙塵散去，壁洞後出現了一條人工甬道，通往裡頭更漆黑的暗室。

「息壤能增生，很快這個洞口會被填滿，快進去！」鍾流水站起身，讓大家趕緊動作，他可不是開玩笑，正因為息壤能生生不息，所以當年夏禹的父親鯀才上天偷盜此土以治水。

眾人魚貫越過土壁，姜姜動作稍慢，衣角還被土塊給勾住，拉扯時，那些原本被爆破開的土塊居

## 參．執子之手，與子偕老

然又悄悄朝破洞處聚攏。

「章魚章魚，牆壁吃我的衣服！」姜姜大叫。

張聿修抱住他的腰往後拉，嘶喇一聲衣服破了，高中生二人組雙雙跌到地上。

洞口縮攏後，甬道內回復成黑暗的世界，窄窄的道內連空氣都是靜謐的，卻放大了所有人的喘氣聲，聽來詭異無比。

白霆雷覺得不對勁，如今的他耳力超強，可是現在他卻只聽見了二人的喘息聲，然後他踢到了個柔軟的東西，蹲下身仔細摸，是鍾流水。

會不會死了啊？

才剛冒起這荒唐的念頭，一盞桃花燈亮起，燈下的臉如死灰。

「神棍？」

「……沒事，有點累而已。」

鍾流水說得輕鬆，其實他引天外飛星攻擊骴傀時，就已經把自己以「神仙一剪梅」填補的靈氣給消耗大半，接下來的飛浮術、化現部分真身等等，都一點一滴抽去了他的真元。

或者現在離開此地找個安全的地方休養才是上策，但是只要一想到這墓與姜村的關係，小妹那幾年的遭遇即將得到解答，再怎樣淡定的仙人也不淡定了。

重新點亮桃花燈，要看清楚甬道的結構。

同樣是以息壤砌築的拱型通道，陽春的過分，沒有任何地宮該有的雕飾、壁畫，無從斷定這是哪個朝代的墓室、或者葬的何人；姜憐當初說墓裡沒什麼陪葬品，絕對不是敷衍呂麒。

「走吧。」

鍾流水往後要招呼姜姜和張聿修，卻突然變臉，「姜姜？」

白霆雷也察覺到不對勁，身後原本該是姜姜和張聿修站著的地方，此刻空無一人。

「被、被吃了？」

不由得白霆雷不這麼想，這甬道給人一種會吃人的怪異氛圍。

鍾流水衝到那剛剛才修復好的壁邊用力敲打，又往兩旁貼耳去聽，只聽得一片空空蕩蕩。他還沒釐清頭緒，一旁又傳來白霆雷張皇的喊叫。

「什麼鬼東西……神棍！」

靠近白霆雷的那面牆壁突然間變得泥濘濕軟，緊跟著撲出一大片舌頭捲住警察，迅速又退回牆裡，乾乾淨淨迅速確實，就好像那裡從來沒有一個警察，牆面也沒發生過任何變化。

鍾流水睜大眼，事情發生的太快，讓他連反應的時間都沒有。陡然間身邊氣流有異，這回他早已心生警覺，朝旁一滾，一條土舌從他身邊擦過後又立即縮回。

只差一秒，他也會被一條無聲無息的土舌給吞進壁裡。

不及多想，想也沒用，他拔腿朝甬道盡頭飛奔。

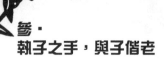

鬼事顧問、零陸。玄女符。

# 【第肆章】桃之夭夭，灼灼其華。

息壞堆砌的墓穴，是一座不懂得饜足的大食客，吞了入侵的三個人之後，接下來將目標轉向了鍾流水。

鍾流水跑得比那些靈活的觸手還要快，向前衝到一座結結實實的金剛門前，眼見後頭甬道就要往自己擠壓到底，鍾流水立刻施用巨靈遣山法，瞬間讓自己身負巨靈神遣山翻海之力。

澆灌鐵筋的石門在他的巨大手勁之下緩緩移動，他終於脫出這條甬道，但是一過門又傻眼，前頭是一條短甬道，盡頭依舊是一道嚴絲合縫的金剛門。

的確，古代許多帝王在修建陵墓的時候，會在運棺槨的墓道上設置重重墓門，門裡澆灌鐵筋，每道門都重達數噸到數十噸，就是為了防賊；而山不轉路轉，盜墓賊則學會繞過金剛門，另挖一條穴道，從旁破開墓室的磚牆來入墓。

為了維持巨靈神力，鍾流水憋著一口氣，再度推開下一道金剛門，接著又是一條短甬道、一道門，這回鍾流水已經不會訝異了，屏氣凝神又推，終於進入一座恢弘的岩室。

往前一倒地，吐出濁濁一口悶氣，巨靈神力到此也只是強弩之末，再來一道門他真的無福消受了。

艱困的轉身仰躺，看著目前所在的這岩室，比起一般地宮會有的前室、後室、耳室，這裡其實只能算是附有墓道的坑穴，墓頂高度離地面約有二十幾公尺，中央處有一座長方形青石台。

石台不過就是一座石台，沒任何雕飾，詭異的是石台中央有幾根散落的骸骨，骨頭上方則懸浮著一具玉函。

所謂玉函，就是玉製的匣子，一般用來珍藏放置貴重的物品，這玉函被三道金剛門以及息壤重重保護，裡頭會有什麼，很耐人尋味啊……

鍾流水起身到石台前，卻見玉函蓋子上頭刻著符文，上頭寫什麼他不清楚，他因此把注意力放在那些散落的骸骨上。

骸骨尺寸巨大，應該是巨人族的遺骸，數量並不足以組合成為一個完整的人，但鍾流水卻是深深皺起眉頭，這骸骨散發出的煞氣如金屬一般銳利，而或許是在這岩室裡待久了，更透著一股森冷陰寒的死氣，這不是普通人的骸骨，而是屬於生前擁有凶悖魂體的煞神。

「到底……」他喃喃自問，但無論如何，心中的答案都太過匪夷所思。

目光再度轉往玉函，正要揭開蓋子，一隻手過來阻止他。

「不行唷，舅舅，這不是你的。」有人笑吟吟的說。

鍾流水一震，姜姜居然不知不覺已經站在了他的身旁。

姜姜主動揭開玉函的蓋子，取出裡頭的東西，正是曾被姜憐盜走，最後輾轉到了葉鈞手上、又被警方保管過一陣子、最後卻被灰髮年輕人奪走的那個玉琮。

然後姜姜從玉琮裡頭掏出了個東西，居然是已經失蹤多日的——蚩尤齒。

「你想做什麼？」鍾流水沉聲問，眼裡有了警戒。

「還記不記得我們的賭約？」姜姜笑問：「我是誰？」

鍾流水不答，卻是深深望向外甥的眼裡，那是一雙澄淨至極的眼，裡頭沒有一絲狡詐、奸滑，甚至沒有任何人類的七情六慾，就只是一雙眼，一雙直率坦承的眼。

就跟以往的姜姜一樣，沒心計、沒得失、簡簡單單。

但……

「我們打過賭，你必須在我覺醒之前喊出我的真名，現在，舅舅——」姜姜點點頭，「你輸了。」

腳下有異，鍾流水低頭看，一層息壤攫住腳掌，跟著往上堆疊小腿，他立刻動彈不得。

不好！

抬頭看，姜姜微笑依然。

撕心裂肺的劇痛於胸口蔓延開來，鍾流水再次低頭，蚩尤齒不知何時已經附著上了姜姜的手，成了一副無堅不摧的護腕鐵甲，手指的部分更是延伸成一柄短劍，深深刺入鍾流水的右胸。

「我的名字是……」

姜姜湊到鍾流水耳邊，低聲說了兩個字。

鍾流水根本沒在意那兩個字到底是什麼，他的眼神渙散了，所有的意識在體內衝撞翻攪，全叫囂著要透出這狹隘的軀體，向下扎根、渴求地下的涓涓細流；又向上延伸，盼望陽光壯大他的枝葉，這是他身體最深層的渴望，他只要順著本意來行就好。

然後再也不會有痛苦，再也不會有煩惱，地將滋養他，天將撫慰他——

樹葉枝幹從他的眼耳口鼻中綿綿不覺蔓延出來，他的雙腳化為木根，穿透息壤鋪造的地面，往下到最深處；他的手往上伸展穿破穹頂，剝開一層又一層的夯土，蓬勃伸展枝葉葳蕤。

一株大樹就這麼從地底鑽出，頃刻間茁壯在姜村旁，而滿樹紅色桃花清芬嫣然，山區因此添上了紅豔豔的顏色，度朔山上那株巨大無比的桃花樹，如今重生。

姜村裡頭所有住民都從屋裡跑了出來，沒人知道為什麼在他們世代守護的墓地之上，竟突然生出了這麼一株巨大桃樹，而芳香滿天落英繽紛，片片飄落的桃花，每一朵都像沾染著血。

嫣然搖動，風中，每一朵花，都像正在訴說著：桃之夭夭，灼灼其華——

灼華、灼華、對不起，他終究還是……

姜村裡，另有人倚門而望，其中一個灰色長髮的年輕人回頭對屋裡的人說：「成了。」

「成了。」

回答的是個披青銅戰甲的無頭戰士，正把玩著一支骨笛；他雖然沒有嘴巴，鏗鏘的話語卻出自於他堅硬的靈魂，那靈魂有某種戰無不勝的威能，強烈到震盪周遭的空氣，激盪出他的心思與聲音。

「那麼、可以把他交給我處置？」灰髮年輕人問。

「還輪不到你。」戰士冷冷回應。

灰髮年輕人沒再多說什麼，他退到陰影裡，陰鷙望著那一株迎風搖擺的桃樹，沒關係，他已經等了很久，不介意再多等一些時候。

肆‧

桃之夭夭，灼灼其華

遠方，田淵市的桃花院落裡，一株桃花樹猛然間搖晃悲切，樹上花朵瞬間落盡，隨著一陣驀然乍起的風盤旋，然後遠離。

兩名袒胸露乳、虯鬚黑髯的凶惡武士突然間出現在桃樹前，是專責守護桃樹的神荼、鬱壘，他們眼抬四十五度角，佐以明媚憂傷的神情，看著香風桃花的離去。

神荼幽幽說：「小妹元神還沒完全復原，就這麼走了，有傷本體……」

鬱壘揪著自己鬍子哀聲嘆氣，「我擔心咱們的好兄弟出事了，要不，小妹怎麼會離開自己的身體？她跟好兄弟心有靈犀，應該感應到了什麼。」

兩武士對望一眼，他們當然可以去追小妹，但這樣一來，桃樹無人看守，這要出了差錯，小妹可能會落得香消玉殞的下場。

兩武士互點了點頭，心有靈犀突然同聲往屋子裡大叫：「見諸魅！」

暗紅色大蝙蝠由堂屋裡飛出來，繞著神荼、鬱壘飛了幾圈後，嬌嗔問道：「奴家正在替心愛的主人祈福呢，幹嘛干擾奴家？」

神荼說：「小妹跑啦！」

見諸魅大驚失色，「唉唷，大事啊，奴家要立刻去報告主人！你們兩個好好看著小妹本體，要有個閃失，奴家回來扒了你們兩兄弟的皮！」

兩武士唉聲嘆氣，為什麼、為什麼這樣柔美如水的聲音卻是出自於一隻醜陋大蝙蝠的嘴裡？就算兄弟常告誡他們倆，不許以貌取人，但、這根本不是以貌取人的問題，而是詐欺、詐騙、騙得他們倆玻璃心碎一地。

鬱壘遙望見諸魅的身影成了天空裡的一小黑點，這才問道：「兄弟出門多天，一定離家遙遠了，見諸魅要找到兄弟，得飛到何年何月？」

「她沒有白澤那樣日行千里的能力，那就……」神荼擺手說道：「慢慢飛。」

公雞小玉飛到樹上。

咯咯咯，神荼和鬱壘這兩兄弟根本不可靠啦，就讓我來守護小妹的玉體，哪隻蟲兒敢來蛀食，我就立刻把牠吃到肚子裡，再拉成屎，滋養桃樹長得美美又壯壯。

不約而同，兩武士和小玉同往西邊方向望去，雖然如今天氣晴朗，萬里無雲，隱隱卻有一股肉眼看不見的怨氣直沖上天。

或者、是一種預兆，天下即將大亂。

## 肆・桃之夭夭，灼灼其華

不歸溝外，如水晶清靈剔透的絕代少年望著山溝的另一邊，他一身普通的年輕人裝扮，臉上的傲然與貴氣卻顯露他的出身不凡，如此驚心動魄的俊秀人物，卻於此時此刻出現在這樣的荒山野嶺裡，有說不出的違和感。

一頭長了翅膀的狼獸正親暱挨著他的腿，低嗚幾聲，卻又蠢蠢欲動，攢著牠的主人要跨越不歸溝。

「星軺，別躁動，這裡似乎是天庭詔封的禁鎖區，不得隨意踏入。」少年拍拍他的坐騎安撫，眉毛卻疑惑的挑動了下，看著身後說：「你怎麼也在這兒？」

飄風由上往下暴衝，身披光明鎧甲、手執鋼鐧的落腮鬍武官現身，朝少年躬身抱拳答：「值日功曹周登聽候星君吩咐。」

少年叫做陸離，本為天上的貪狼星君，為了查明姜姜的真實身分，才因此化身為少年體形，成了姜姜的同班同學，如今他追蹤姜姜來到了不歸溝，卻沒想到，自己派出去尋找鍾流水下落的值日功曹周登，竟然也在這裡。

心念一動，他問：「桃花仙也……？」

「是，桃花仙領著白澤越過不歸溝了，屬下卻不敢追蹤下去，因為這座山的周圍被立下七十二道精鎮符，又有酆都府十二官印封住四方，隨意踏入，必受天章處罰。」

陸離沉下臉，卻也不敢貿然闖入不歸溝，根據值日功曹的解釋，這裡是天庭玉皇大帝封給酆都大帝於人間的領地。

酆都大帝是人間神農氏部落的首領炎帝，本姓姜，成為地府酆都大帝後，後代姜姓子孫便遷入炎帝所屬的領地裡，世代祭拜祖先，讓香火綿延。

除非領有玉皇大帝的敕命、又或者得到炎帝的許可，否則誰也不得隨意侵入。

鍾流水是玉帝敕封的將軍，屬於天庭官員，本不該隨意踏入不歸溝，但他根本懶得理那些鳥規矩，一皮天下無難事；陸離卻使不出痞子那一招，一切按規章行事。

「周登，奉我指令回南天門申請通關文牒，速去速回，我非要搞清楚桃花仙跟他外甥搞得什麼鬼。」陸離輕哼一聲說。

值日功曹這幾天累得跟狗一樣，但是星君吩咐焉敢不從？苦命的屬下也只好立刻領命照辦，咻一聲回天上去了。

見附近沒人了，陸離掏出他的哀鳳要聯絡阿七，這才發現此地根本收不到訊號，氣死他了，這裡也荒郊野嶺的太徹底了吧！

算了，手機除了打電話，還有其他的功用，他於是席地而坐，開啟薑餅人大逃亡這個遊戲，有他貪狼星君在，一定能幫助所有的薑餅人順利逃出烤箱、飛到外太空去冒險。

星軺萎在一旁又哀怨了，主人自從有了這小小的金屬盒子之後，就再也不帶牠出門玩耍，這就是所謂的小三嗎？牠要抗議了，嗷嗚嗚嗚——

「別吵、星軺，替我注意四周動靜。」陸離輕斥。

星軺再度哀怨，牠總有一天要把這小三給咬得稀巴爛，重新奪回主人的愛。

白霆雷根本不清楚自己在甬道裡發生了什麼事，只覺得眼前一黑，一團濕軟的泥土就這樣鋪天蓋地捲了過來，他不斷受到擠壓，看不到、聽不到、跟被活埋了差不多。

人在臨危之際，會爆發出驚人的求生意志，白霆雷也不例外，吼一聲手掌化為虎爪，比金剛鑽還要堅硬的利爪迅速劃過，息壤立刻被刨成絲條碎屑。

直到此刻他才發現自己是一隻擁有土撥鼠技能的好老虎，很快就挖到原本的甬道，吼一聲跳出去，身後的息壤立刻將他曾經刨過的痕跡給回填，牆上再無開挖過的痕跡。

哼，知道老子的厲害了吧！

白霆雷得意大吼，但很快他吼不起來了，藉著虎眼的夜視力，發現盡頭處有微微的光亮透入，那不是神棍的粉紅桃花光，而是自然的天光。

他們不是處於地面之下嗎？天光是哪兒來的？

他伏低潛進，柔軟的虎爪踩在地上，不發出一點兒聲音。老虎本就是適合於黑暗裡存活的物種，這裡，沒有敵暗我明的問題，有了能夜視的眼睛、無聲的行動力以及靈敏無比的嗅覺，就足夠讓他化被動為主動，轉而偷襲任何其他的窺伺者。

順著甬道，通過三道已經被推開的金剛門，他也跟著進入了盡頭那處高大的岩室。

他看到了什麼？

他看到一株巨大的桃花樹。

桃樹牢牢盤根於息壤鋪就的地面上，枝如戟、葉如斧、幹如杵，往上衝破墓頂，然後是一層又一層的土壤，那些堅實的夯土全數崩落、枝葉直衝到地面以上，桃花又片片落下，落在了暗沉的墓室裡。

石台上的巨大白骨也被紅花給點綴了，說不出的詭異。

憑著稀薄的前世記憶，白霆雷猜到這株桃樹就是鍾流水的真身——

# 肆・桃之夭夭，灼灼其華

滄海之中，有度朔之山，上有大桃木，其屈蟠三千里，其枝間東北曰鬼門，萬鬼所出入也。

——王充《論衡・訂鬼》

鍾流水本是度朔山上的桃樹，本身既有辟邪的靈性，又吸收天地精華，百鍊成精、成仙，以鬼為食，樹身的東北枝椏更往地面連接，成了一座能通往幽都的拱門，所以這道門又被稱為鬼門。

上古時期，幽都是唯一容納鬼魂的地下都城，統治者為土伯，曾供應地下金屬給蚩尤一族來精煉各項武器；蚩尤潰敗後，黃帝為了以絕後患，進一步降服幽都，將蚩尤的八十一位氏族兄弟囚禁到幽都裡，永久閉鎖鬼門，另闢地府來羈押鬼魂，也就是如今的陰曹地府。

昔日被關閉的鬼門，其實就在鍾流水的身上，鍾流水是名符其實的鬼門關，但是以他這樣的仙人，非到萬不得已，又怎會顯露自己的真身，讓鬼門關重現人間呢？除非……

神棍死了！

白霆雷都呆了，他雖然常常在心中詛咒神棍下地獄，永遠都不能翻身，但那都只是隨便想想而已，都不是真心的呀！

怎麼辦怎麼辦？他死了……

「他沒死。」有人輕輕說：「但也跟死了差不多。」

「吼吼！」姜姜！

姜姜就站在桃樹前，手中捧了個玉函，白霆雷好像他鄉遇上了故知，吼著就要撲跳過去，但才抬起虎掌，卻又遲疑了下，他感覺到姜姜的異樣。

明明是同樣的人，到底是哪兒讓他產生了警惕？

「不用懷疑，桃花仙是我殺死的，願賭就該服輸，不是嗎？」姜姜微微勾嘴，笑容完美而冰冷。

白霆雷突然想起來，他曾經分享過鍾流水的識海，看見鍾流水初見外甥姜姜的情景，那兩人的確曾經打了個賭，鍾流水必須在外甥覺醒之前，猜出他的真名，否則就會被取走性命。

如今鍾流水死了，也就是說，他輸了這場賭約？

不可能、不可能會是這樣！

白霆雷跳腳怒吼，吼聲震動墓穴。

「吼喔喔！」

你是他的親外甥，他疼你、愛你、偶爾唸你幾句，但從沒讓你吃過苦，為什麼你下得了手？更不明白的是，神棍那麼聰明，應該早就猜出姜姜真正的身分了不是嗎？為什麼還是被殺死了？難道、難道神棍故意不猜出來？

他呆呆瞪視著姜姜，不知道該衝上去把凶手給咬死，還是……

「喔、我想起來了，你幾乎殺了饕餮，而饕餮是我的一部分，這筆帳我不討回來，還真說不過去。」姜姜看了看桃樹，卻又憾恨的說：「改天吧，我現在有其他急事。」

眼見姜姜就要穿過桃樹垂墜下來的一道拱形枝條門，白霆雷立刻撲過去阻擋，突然間金屬銳光迎面而來，他半空中機警扭身，千鈞一髮避過那幾乎將他砍成一半的劍刃。

姜姜的右手上包裹著一層金屬護甲，手指部位卻延伸出來，成為一雙泛著冷光的長劍，那是蚩尤齒的變化武器形態，蚩尤齒能隨著主人的意念，隨心所欲化成各式各樣的武器。

「吼嗷嗷！」白霆雷也不是吃素的，他是神虎白澤，自有虎類天生嗜殺的本能。

他猝然倏翻，虎牙直咬姜姜咽喉，姜姜動作卻是快得匪夷所思，輕輕一閃，避開貓科動物那致命的一擊，手上長劍幻化成乍閃的星芒，一現而沒——

噹一聲，利若金剛鑽的虎爪被劍刃給砍斷，白霆雷搖著虎尾低吼連連，他知道那劍的厲害了，腹脅間不斷滴落血液的傷口也正在提醒他。

姜姜展露天真的一笑，但笑容剎那即逝，在接下來的幾秒鐘內，他臉色既空洞又茫然，那讓他看起來不像是姜姜，也不像是擁有凶悖之魂的孩子。

「吼！」白霆雷再度朝他怒吼。

笨孩子，快給你白叔叔醒來！

姜姜轉身穿越那道拱形枝條門，也就是鬼門，腳步鏗鏘，他肩上其實背負著千千萬萬的重擔，丟不掉、甩不開。

門後他的身影陡然間消失，就好像誰將他給憑空抹去了一般。

白霆雷知道，那道鬼門不過就是一個轉換空間的樞紐而已，姜姜那一跨，就從生界跨越到了死界，由人世下幽都、到黃泉。

雖然不清楚姜姜下幽都的目是什麼，但他用腳底板來想也知道不太妙，想追過去，腹脅處劇痛無比，踉踉蹌蹌的才想起自己被姜姜給傷了。

「吼吼吼！」他叫，但連叫聲都有些後繼無力。

「白……白先生，先救我出去……」

有人從後頭不遠處喊，那喊聲比白霆雷還虛弱。

很像是張聿修的聲音啊！

白霆雷搖搖晃晃找去，竟然發現張同學被活活嵌在了牆裡，息壤淹沒了他的胸腹以及四肢，只露出他大半張臉面以供呼吸，但臉面之外又有鐵條交錯，罩住了他的臉面，活像戴上了橄欖球頭盔一般。

「這是『闐宿囚身』，古代的一種殉葬手法，把人嵌在牆裡活活的餓死，他們死前那種極端的憤恨、無助、無奈、痛苦、害怕，都會化為怨氣而積聚在墓裡，若是有倒楣的盜墓者進入，怨氣就會化為惡鬼殺死他們。」

白霆雷回頭一看。

「吼吼吼！」神棍！你不是被姜姜……

「傻白澤，我不是哥哥。」那人溫柔淺笑。

白霆雷眨了眨虎目，這才發現說話人的外貌雖然跟鍾流水差不多相似，卻穿一身淺粉紅蟬翼長衣，清姿曼妙，婀娜娉婷，膚如凝脂細膩，眼若春水橫波，是個一等一的傾城佳人。

曾在鍾流水的識海裡見過一次這女子，她是鍾灼華，鍾流水念茲在茲的小妹，但、她為什麼會出現在這裡？她明明元神受損太重，無法維持人身，本體正待在田淵市的桃花院落裡啊！

鍾小妹讓幾瓣桃花飛到白霆雷的傷口上貼合，血因此逐漸被止住，這桃花竟有類似 OK 繃的功能。

「快救張小哥出來，他跟姜姜友誼深厚，或者能把姜姜喚回……必須趕在姜姜放出那些煞魂之前……」鍾小妹說。

「吼吼？」煞魂？

「是的，八十一條煞魂……」鍾小妹輕撫鍾流水的樹身，心緒看來也紊亂，回眸又說：「……拜託你們了，還有哥哥的事……」

佳人倚著桃樹，看起來徬徨無助，白霆雷心中轟的一聲，熱血昂揚，立刻吼吼要把張聿修從牆上挖出來！

由於右掌爪子都被姜姜給削掉了，白霆雷只剩下左掌爪子能刨土，他剛剛也被息壤給吞食過，大概對息壤的特性有相當的了解，要將張聿修挖出來，速度必須快過息壤的再生，還得小心翼翼，不能傷到張聿修的肉體。

先是劃斷張聿修臉面上的鐵條，他臉色雖然蒼白，看來卻沒有生命危險，白霆雷放下心，拼了命的抓、撓、扒、搔，息壤紛紛灑落，那些土屑卻又緩慢朝張聿修身上要聚攏。

鍾小妹倚著桃樹，桃樹根部正傳來一種細微的呢喃，她靜心傾聽，聽到至親正對她低語。無怨怪、無責難、唯有關心與擔憂。

小妹搖搖頭，「……不、哥哥、我不要緊……唯有你、我不願意……」

「我癡傻一次，落入他人的算計裡，成了一枚進退不得的棋子，但我最不願意見哥哥你也落入局裡，生死操控在他人手裡……」

兩兄妹喁喁對話時，張聿修已經順利被挖出來了，他喘口氣，看著牆上的人形凹槽逐漸填回，心有餘悸。

「白先生，謝謝……還有……」他對鍾小妹說：「妳……姜姜母親？」

「……把他帶回來吧，把姜姜……」

鍾小妹說完，飄然往鬼門而去，卻在入口處回頭，示意他們過來。

「吼吼！」白霆雷說，姜姜現在根本就是非人的超厲害，他跟張聿修有什麼本事能將人制服帶出來？

「哥哥會與你們同在。」小妹點頭說。

喵了個咪！白霆雷心中忍不住吐起槽來：小妹妳何時成了《星際大戰》裡頭的絕地武士？以為說出「願原力與你同在」，就會被加持無限力量嗎？再說了，如今神棍連自保都不可能，就算成為我們的背後靈，又有個屁用？！

心中幹譙歸幹譙，但已經不是跟鍾小妹計較細節的時候，他只能跟隨鍾小妹，越過那古老的、早被世人遺忘的鬼門關。

張聿修跟在後頭。或許鍾流水說對了，就算姜姜是凶神，但這輩子會與他成為好友，就是種扯不斷、理還亂的緣分，冥冥中早有注定，這世上絕沒有巧合之事。

是他必須做出抉擇的時候了。

越過鬼門關的瞬間，視野全都變了，不過是跨一步的距離，白霆雷和張聿修卻已經站在一片遼闊、蒼茫、絕望的荒野裡。

鬼門關裡，意外的有天、有地，天空正中央處有顆昏濛濛的光球，亮度近似於地下室裡一顆十燭光的電燈泡一樣。

張聿修不禁想起，一直以來有種理論，說地球中心還有個失落的世界，裡頭的光明來自於一顆懸空的電漿球，生命因此被滋養，古老的物種被保存下來。

但是目前為止，他們還沒看見任何一種生命，這裡頭除了荒涼、還是荒涼。遠方一道蜿蜒的黑黃色河流，渾濁的程度，就好像曾經有一艘四十萬噸的油輪傾覆在裡頭，黑色黃色交錯於一塊兒，比人口稠密的都市下水道還要汙濁個好幾萬倍。

鍾小妹指著那道河說：「天有九重天，地有九重地，黃泉流過最深處的第九重地，所以又稱九泉。」

「姜姜他會上哪兒去？」張聿修忍不住問，這裡太過遼闊，極目望去，看不到一個人，加上氣氛詭異，讓人不知該何去何從。

「他一定是趕往幽都，要救出前世的八十一位兄弟，你們順著黃泉走，就能到達幽都大門。」鍾小妹說到這裡，斂容，「注意，門口的獄卒不懂得友善。」

張聿修還想要多問些情況，卻發現鍾小妹的身軀逐漸透明，他大驚問：「妳怎麼了？」

鍾小妹淒然一笑，「……我這十年好不容易聚攏的部分元神，因為憂心哥哥，長途跋涉而來，又將罄盡……必須立即歸返真身……」

換言之，她這十年間被鍾流水種植在田淵市裡最能聚氣養木的風水寶地，就像是給電池充電一樣，只不過，她當初受的創傷太重，幾年內也不過給本體充了十分之一的電量，如今她魂魄千里迢迢飛來，早把能源給用光了。

白霆雷吼吼叫：放心，我們會把姜姜帶回來，然後我要拿皮鞭、不、讓神棍拿葦索，把他外甥的屁股好好抽個幾百遍。

「這就追姜姜去！」張聿修有些等不及了，招呼白霆雷快走。

一人一虎轉身才走兩步，鍾小妹又把他們叫住，兩人回頭看，小妹那嬝嬝娉娉的身影更為稀薄，薄得幾乎看不清楚她的表情。

她說：「……姜姜出生後，我為他取了名字壓制凶性……他的真名是……」

隨後灑落的幾個字如春天的一抹和風，拂過兩人的耳朵。

白霆雷不知道什麼真名假名的重要性，張聿修卻懂，萬物都有一個真名，知道對方的真名，就可以用呼喊或者書寫的方式，來行使禁制驅策對方的法術；天地相生眾多鬼怪，自然也有相剋那些鬼怪的法門：只要知道它們的鬼名，它們終身不敢加害，三呼其名，其鬼自滅。

人類也有所謂的真名，隨著人類出生後被取定，此後跟著這人一生一世，等同於這個人；當名字取定，地獄鬼簿就有記載，從此影響著這人的命格、運格。

名字就代表這個人，可以說，這個人的真名就是這個人的一部分。

道士法師能藉由咒術來增幅言語的力量，進一步配合生辰八字與真名，進而操控這人的命運，這是自古以來即有的法術。

也就是說，不管姜姜前世曾經是什麼，這一世，他的命途與新名字息息相關，這個名字與他現在的身分連在一起，絕不可兒戲。

鍾小妹說完之後，輕淺一笑，她美麗若春水的身影淡化而去，就好像她從未在這個世上留下過一絲一毫跡證。

鬼事顧問、零陸。玄女符。

# 【第伍章】真思無邪，真行無祟。

鬼門關之後的世界，遼闊、荒涼、沉寂，鐵灰色砂岩拔地而起，如柱如碑如塔，風聲裡隱隱盡是鬼哭神號，鳥獸警戒的躲在砂岩陰影裡。

原來這裡並非沒有生物，只是那些生物全如鬼魅伏藏，躲在暗處窺伺著兩位不該出現在此處的生人。

這裡的空氣黏稠，簡直就是腐屍化散成奈米大小的粒子懸浮在空中，臭味毫不保留的襲擊侵入者的眼睛，白霆雷和張聿修都感覺到眼睛痛了起來，拿手帕遮口鼻也沒用，兩人乾脆改用嘴巴呼吸，以為這樣就聞不到味道，可惜的是，人類靈敏的舌頭依舊能嚐得出某些有害的物質，這點白霆雷和張聿修可是徹徹底底的體會到了。

這樣艱困的環境下，兩人卻是不敢耽擱，快速向前走。

一路上，他們看見了黑鴉、黑蛇。遠處嶙峋的山丘枝上，一閃而逝的身影或者是豹，但是根據那一叢蓬大的尾巴，或者更接近於狐狸。這些散布的鳥獸都有相同的特徵，牠們全是黑色的。

這的確是幽都生物的特徵，根據古籍記載，地下世界昏暗幽冥，所以稱作幽都，原生的動物有黑鳥、黑蛇、黑豹、黑虎、黑狐；居民則有玄丘之民及赤脛一族，統治者土伯長了三隻眼睛，能看清幽暗中一切事物，最喜歡捉拿誤闖幽都的生人，扯碎後以沾滿血液的手指吞送到肚子裡。

## 伍．
## 真思無邪，真行無祟

張聿修跟白霆雷此刻卻只想著一件事，那就是：姜姜也只比兩人早半小時進鬼門關，他們追了老半天，卻連姜姜的影子都沒摸到邊，而黃泉還一路往前延伸，完全看不到盡頭，這讓他們心中的不安與時俱增。

「吼吼！」白霆雷用虎尾巴點了點張聿修的小腿。

「怎麼了，白先生？」

虎尾往自己背上點了點，白霆雷的意思是：這樣追下去，到天黑也追不到姜姜，還不如我馱著你跑。

「這不太好，白先生，我怎麼可以……」張聿修很不好意思，他年輕人有手有腳，怎麼可以煩勞長輩揹著呢？

「吼喔喔！」不要緊，自從上次被神棍逼著馱他去追白殭，反而激發了他的潛能，變成老虎後的他腳程還真快，連高鐵都不是對手。

張聿修當然不知道白霆雷被激發潛能這件事，卻看得出來，白霆雷非要揹他不可，他還猶疑呢，「呃、真的不太好，而且白先生你受過傷……」

那點小傷怎麼可能擊倒偉大的白澤？！虎頭往張同學屁股用力頂過去，把個近十七歲的大男生給頂到空中翻了個跟斗後，穩穩落在自己背上。

張聿修還驚魂未定，座下老虎已經咻一聲往前竄，就聽耳朵呼呼風響，景物倒退如飛，把他弄得又驚又喜，這頭老虎還滿好駕乘的嘛，以如此風馳電掣的速度，乘客卻感覺不到太大的顛簸，難怪鍾流水每次見到人形的白霆雷都會抱怨，唉呀小霆霆你快變回老虎啊，你當坐騎比當人類有前途啊～～

砂柱、孤丘、方山恐怖怪異，一旁黃泉的水則更黃了，滾滾的氣泡自河底冒出，像是地底有誰在燒著一釜滾水，想把一些上古時期埋在地下的恐怖生物都給逼出來；黑漆漆的大魚偶爾探頭出水，嘴裡鋸齒磨刀霍霍，只要有機會，牠們絕不會放棄這大啖生肉的機會。

白霆雷偶爾也朝那些魚跟獸咧咧嘴、磨磨牙，暗示自己也是吃肉的。

終於，一座鐵灰色大門赫然在望，大門倚山建立，高度看似專門為巨人而量度，城門上頭鐫了兩個漆色斑駁的字，呈血液凝固後的暗紅色澤，隱約卻能辨認出是「幽都」兩字。

如此說來，幽都其實就在這座山的中心處。

一人一虎精神大振，卻又發現幽都門下煙塵滾滾、火光沖天，煙塵之中一道戟氣朝上切開氣流，灰濛濛雲氣朝兩旁捲起，遠遠看過去，簡直像是咖啡杯上美麗的拉花圖案。

白霆雷仰天大吼，聲震山河，他不是為了天空那巴洛克一樣華麗的圖案而讚嘆，卻是認出戟氣屬於誰。

「在那裡！」張聿修指著前方，他也認出來了。

那是姜姜的沖天戟氣，滿含秋殺之意，能斫殺、凋零天生萬物；張聿修也記得，踏入不歸溝的那個晚上，姜姜快意與陰兵對戰，氣勢就跟此時一樣。

原本以為幽都門下正在爆發第三次世界大戰，但是仔細看時，卻發現不過是四個人打在一起，其中一個的確是姜姜，但另外三個……

鍾小妹、不、鍾阿姨，妳以「不友善」來形容幽都門口的獄卒，太不負責任了吧？

張聿修冒冷汗，那幾個正跟姜姜糾纏的牛頭傢伙，何止不友善，簡直是超恐怖的怪物來著！說是超恐怖的怪物，一點也不誇張，牠們個頭起碼都有兩公尺以上，全身肌肉突起，充滿原始的野性與戰鬥力，手爪如猩猩，頭上犄角反射出金屬的光澤，尖銳媲美槍或矛；額間有豎眼，上半身皮膚黝黑，下半身卻滿布濃密黑毛，腿部則是動物類的偶蹄。

牠們就是幽都的守門人，據說智商不高，與幽都統治者「土伯」是同族之人，挑選出來專門恫嚇那些不被允許進入幽都的人。

姜姜正與這樣的三隻牛頭人激鬥著，牛頭人鼻頭不斷嗤嗤噴出黃色的且充滿濃烈臭雞蛋味的氣體，那些氣體一出口鼻就化為火焰燃燒，幽都門下，不啻煉獄。

姜姜雙手戴著嵌錐金甲手套，表面布滿了尖銳立錐，適合近身作戰，他陡然飄起，像一片失去重量的葉片，卻又墜入其中一名牛頭人的懷中，猛擊狂砸，力道萬鈞，滿天血光湧現，腥羶氣味順間瀰漫，壯碩若巨石的牛頭人居然就這麼被砸得粉碎！

另兩名牛頭人見狀，更加凶狠了，嘎吱嘎吱咬牙如磨，分從左右抓緊姜姜的肩頭，合力將他給高舉，竟是打算當場撕裂他。

「姜姜！」張聿修情急喊出聲，跳下白霆雷的背，口中急唸金光咒：「體有金光，役使雷霆，鬼妖喪膽，精怪忘形，急急如律令！」

電光奔騰，金光燦耀，雷厲光滔滔自張聿修體內奔騰洩出，分為兩束打在兩個牛頭人身上，卻很小心的避過了中間的姜姜，這是很難掌握得住的技巧，但多虧了張聿修平日認真修煉，加上有天賦，所以年紀輕輕就能有如此功力。

牛頭人皮開肉綻，焦味溢出，下半身的濃密毛髮全都焦枯捲曲，嘴裡哇啦啦發出挫折的怒吼；因為受雷電擊打，牠們的肌肉都麻痺了，再也捉不住姜姜，姜姜趁勢翻身躍開，冷酷的黑眼睛居然還抽空朝張聿修瞄了瞄，但是那眼神完全沒有看到同窗好友的驚喜。

姜姜一落地，兩個牛頭人已經從雷擊中恢復，雙腳用力扒了幾下地之後就衝了過來，姜姜同樣挺身撲進，手上尖錐金甲幻化成一圈圈旋動光弧，一眨眼，牛頭人各自身中七七四十九擊，血肉橫飛，臟器噴灑，而旁邊觀戰的一人一虎躲避不及，身上已經沾滿了血塊。

怎麼回事？

張聿修和白霆雷忙抹去一頭一臉的腥臭血肉，驚恐發現地下鑽出了一隻又一隻的食屍蠹蟲，見獵心喜搶奪肉塊，幾千隻蠹蟲在幾秒鐘之內，把現場的血肉都清到地下去大快朵頤一番了。

張聿修和白霆雷被這情景給震懾了，目瞪口呆說不出話，也不知是因為食屍蠹蟲吃相可怕，還是姜姜的氣勢洶洶，瞬間秒殺了幽都門口的三位獄卒。

事情還未結束，因為幽都裡的獄卒不只有三人，要不，怎麼能鎮服曾經隨王者蚩尤橫掃天下的八十一位猛士呢？只見不遠處幾百、幾千個牛頭人紛紛往這裡聚集，牠們的體型與凶狠度比之剛剛的三位，完全不遑多讓。

如此的陣仗，姜姜若是要硬闖入幽都，是難上加難，張聿修不希望姜姜救出那八十一人，但也不希望他被牛頭人給撕碎。

「一定要幫姜姜！」

張聿修說完就奔過去，白霆雷伸伸爪子也跟上。

「滾開！」

沒想到姜姜居然毫不領情，冷酷橫來一眼，一股強大的風壓往他們腳下橫掃過去，一人一虎頓時被掀到空中飛飄，又重重摔落到地上。

幾千個牛頭人全往姜姜擠了過去，所到之處，地面龜裂，幾百根方尖石柱湧出，一根根圍繞、生長、擠壓、疊疊層層填補，彷彿大地往上伸展的手爪，一致往姜姜抓去。

「吼吼！」白霆雷也不知發的什麼笨，明明才從高處摔下，傷得可不輕，卻又勉力循著石塊之間的空隙竄進去，想要把姜姜給咬出來，他不斷躲避著那些此起彼落的石柱，不過幾公尺的距離，卻讓他寸步難進。

一道雷光疾掠過白霆雷身邊，射穿前頭擠攏而來的石柱，替白霆雷打出一條通道出來，那是張聿修的雷厲光，他剛才同樣從高處摔下，神智仍有些渙散，再度打出雷厲光，其實都是下意識的行動。

白霆雷趁著上頭落石還未掉下，底下石柱仍未升起的空檔，直達姜姜身邊，張口就要把他給

# 伍．真思無邪，真行無祟

拖離開。

姜姜冷哼一聲，「說了要你們滾開，聽不懂人話嗎？」

嵌錐金甲手套輕輕一揮，體型龐大的白霆雷又被推飛出去，還撞上正要繼續打出雷厲光的張聿修，等他們好不容易爬起來的時候，那些石柱早已經把所有牛頭人及姜姜給掩埋到地下去。

張聿修沒概念，白霆雷卻知道，這是土石幻遁，少數幽都之民使用的一種陣法，曾經讓他和鍾流水在追捕饕餮時功虧一簣過。

張聿修捋袖子正要衝上前去，白霆雷虎口咬住他手：吼吼，你要幹什麼？

「把人挖出來。」張聿修狼狽的解釋。

吼喔喔喔，你沒聽到嗎？

白霆雷毛茸茸的虎爪往地面輕敲，張聿修這才注意到，地裡有嗡嗡輕鳴，張聿修忙趴下俯聽，地心深處好像正發生一連串的爆炸反應。

到底是什麼？張聿修很苦惱，恨不得自己生有透視眼，能看穿這地殼。

天崩地裂一聲響，土石紛飛，山搖水晃，地面因此出現一道深深的口子，牛頭人的狂吼聲從地殼湧出，裡頭充滿了憤怒、悲傷、絕望，地下的土如海水倒捲出來，一座土丘升了起來。

穿暗金盔甲的少年傲然挺立其上，頭盔後的一雙眼更是血紅淋漓，有種完美的威脅感；他周身浮溢一層流燦的銀光，那彷彿是把天底下所有金屬的魂魄聚在一起融煉之後昇華出的金氣，無堅不摧，肅殺天下。

土丘之上，斷裂的手腳與碎裂的頭骨鋪滿一地，土跟石因此全都被染成了紅色，死亡的腥味正殘忍的強占活人的嗅覺。

食屍蠹蟲再次冒了出來，盡責行使清道夫的工作。

至於那些殘存的牛頭人，也早已跟死了差不多，牠們剛剛在地底下見識到了某種恐怖的修羅場，而對於造成這一切景象的人，表情卻相當淡漠。

「只要我想，幽都就會是我的，若不速退，粉身碎骨便是爾等宿命。」

姜姜眼神逐一瞄過那些腳邊正逐漸被分解的屍塊，又延伸到其他還半死不活的牛頭人身上；在他眼裡，這些獄卒或者是生、或者是死，沒任何差別。

張聿修茫然看著穿盔甲的戰神，終於微微發起抖來，白霆雷以為他害怕了，鼓勵性的舔舔他的手：不怕，老子是白澤，會罩你，就算打不過人，逃命也絕不會輸人。

「他……不是姜姜了，他原來真的是……」

張聿修吞下了某個未出口的兩個字，那兩個字無啻於天地間最苦的苦水，苦得他幾乎要肝腸寸斷。

鍾流水當初把那張符交了過來，是因為知道身為舅舅，無法對外甥行使殘忍的裁決，所以將那樣的重責大任丟給才十六歲的他，自己落得輕鬆，不用直接面對那難堪的境地。

太殘忍了，太殘忍了，鍾先生辦不到的事，他張聿修又怎麼可能辦得到？那張符丟出去，姜姜的後果可想而知，張聿修是否能瀟灑又坦然的面對結果？

# 伍・真思無邪，真行無祟

悠悠蒼天，此何人哉？

姜姜走到幽都門口，手上的嵌錐金甲手套開始延伸、變長，成一柄古色斑斕的長劍，當劍正要插入幽都大門，突然間狂風大作，那像是自天空的肺裡拔起的龍捲風，湯湯滾滾，一下便將幽冥的地表給溫熱起來。

輕噫一聲，姜姜停下手邊動作，他依稀記得曾經歷過同樣的風吼，那風暴搖撼著天與地，搖撼著他，在數千年前的戰場上，搖撼他獨撐的纛旗。

回頭，赤目如血。

飲恨玄女符，血滿解首池，怒魂升如旗，怨恨長不息，浩蕩躑躅終回歸，絕轡之野斷殤魂……

悲痛情境歷歷在目，旌蔽日兮敵若雲、涿鹿之上嚴殺盡，他麾下戰士們的破碎屍首堆積腳邊，全因為天時懟、全因為威靈怒。

就算首身離兮，也要強行奮戰，他的心，剛強不可凌——

而那個讓戰爭結果起變化的罪魁禍首，正是玄女的兵信，也就是如今張聿修祭請而出的那道符。

「蚩尤！」張聿修痛心疾喊，聲若泣血。

沒錯，他確認了姜姜的身分，所以，玄女符出世。

姜姜一愣，沒錯，蚩尤是他前世之名，烙印在他靈魂裡。

但、那又如何？

黃帝曾經三戰便擊敗炎帝，五十二戰平定天下，卻是經歷七十一次苦戰也無法攻克蚩尤，蚩尤的實力可想而知。

正因為是足以驚恐天地的強者，那麼，天地便將他視為擾亂常規的悖亂因素。

## 伍‧
## 真思無邪，真行無祟

天庭知道，一旦讓擁有凶悖之魂的蚩尤奪取人間的實權，很快他就會爬到天上，稱霸天、地、人三方，所以天庭出手干預，派九天玄女送神符戰法給黃帝。

九天玄女，於天上主兵殺之職，她下凡傳授黃帝六甲六壬兵信之符，也就是所謂的玄女符，此符一出，能召神劾鬼、能降妖鎮魔。

蚩尤八十一位兄弟即使有銅額鐵頸，但是遇上六丁六甲等護法神將，依舊吃了大虧，導致蚩尤最後竟被黃帝生擒斬首。

可以說，蚩尤的失敗，完全是因為那張玄女符所扭轉的。

玄女符是一張足以改變未來的符，這樣的符，輾轉在人間流傳了下來，多次扭轉某些人的命運。

黃帝騎黃龍昇天之後，玄女符傳給了大禹，大禹用來治洪水，天下安寧；接著到了秦始皇手上，他以之戲弄鬼神、驅山填海，某天夜裡玄女符失蹤，秦皇跟著身死國破；黃石公得到後傳給張良，張良傳給老祖天師，天師怕漏洩天機，把符藏在石山之內，唐朝袁天罡入山修道，見到石頭上有大蛇盤結，知道裡頭必有異物，因此讓符重現天日。

以後這符又經過許多修道者之手，卻不知最後為何到了鍾流水手裡，鍾流水則在出發尋找玉琮賣主之前，將符渡到張聿修身上。

張聿修也是根據這張符，才斷定鍾流水沒對他說出口的祕密，關於姜姜的真實身分。

在某種時候，友情也必須割捨。

七千七百七十七條火焰於張聿修頭上懸滾，七彩霞光照耀幽冥，當光焰倏地匯聚，一張長約一尺、廣三寸的絲布現身，布面青瑩如玉，紅紋流竄於上，似圖非圖、似字非字，卻是虹輝燦爛。

張聿修咬破中指，以指血凌空摹寫追神符、默唸追神咒——陽精陽魄，陰精陰魄，速赴吾咒，速至吾身，急急如九天玄女律令攝！

左手斗訣、右手劍訣，吸取東方青炁、西方白炁，追神符速化雲氣繚繞，轟一聲燃燒，隨著青氣白氣一起進入他腹內，頭上絲布也迸射滾滾紅光，包裹張聿修全身，他頭髮衣角飛揚，天空地面似乎也跟著晃蕩。

紅光散盡，張聿修人不見了，原地卻出現一位身著九色彩翠綃衣、頭綰九龍飛鳳髻，手擎白玉珪璋的美麗女子，神聖莊嚴而神祕，竟是九天玄女現臨。

九天玄女，有萬戰萬勝之術、除凶悖之魂的能耐，威嚴赫赫問：「蚩尤，汝應該被關在地府

## 伍．真思無邪，真行無祟

奪谷之中，怎會在此？」

頭盔後的一雙冷眼斜睨，不答。

玄女凝肅再言：「汝天性暴橫，重出世間，必會毒害蒸黎，吾必除之而後快！」

紅氣暴起如紅綾，朝姜姜方向捲去，途經萬物皆被絞得粉碎，飛砂走石全打在了姜姜身上，但他身披沉厚盔甲，竟如海中柱石屹立不搖。

不屑的哼了一聲，人間的戰神正在嘲弄天上的戰神，怎麼、就這麼點本領？

鳳眼凌厲若電，轉腕，紅綾又想要捲住姜姜，後者長劍斬去，紅綾繞了劍身幾轉，卻又滑溜往天上散去。

玄女腳踏出一步，一步化生兩儀，兩儀再分四象，四象分八卦，八卦定吉凶，依此掐訣唸咒：「星移斗轉，定蚩尤之魂，風雲際會，縛無祟之身，謹請破滅，精邪滅亡！」

紅綾再臨，這次的來勢雷霆萬鈞，環繞姜姜的四面八方，竟是要他逃無可逃、遁無可遁。

姜姜舉劍又待再劈，盔甲卻突然間變得如同兩座泰山那樣重。

他臉色變了，用力一繃，但是身體依然動彈不得，這樣的他立刻被紅綾給裹住。

他這才回想起，剛才玄女的咒語裡，似乎出現了某個陌生、卻又極其熟悉的字眼，因為有那樣的字眼放在咒語裡，竟對他起了壓剋的作用。

那兩個字是——無祟。

姜姜終於沉聲問：「如何得知……吾之真名？」

玄女嚴肅道：「汝之生母鍾灼華悲痛胞兄遭汝所傷，不辭千里前來告以汝名，思無邪、行無祟，姜無祟就是汝此世之真名。」

因為在咒語裡加上了某人的真名，因此這符的威能便鎖定了某人，能削弱受符者幾乎三分之一以上的力量，反加到施術者這裡，力量此消彼長，這就是真名法術的真諦之一。

所以姜姜腳步凝滯了，赤目一瞬間黯淡了下來，「母親……」

他心中隱隱有悲憤，但這悲憤並非再度被玄女符所制，而是關乎母親；她打從兒子出生起，就將他歸類到邪惡的一方，十年後好不容易凝聚了些許靈力，夠讓魂魄短暫現形，卻只是找上別人，掀兒子的底……

鍾灼華忌憚自己的骨肉，因為知道這孩子有傾天覆海的恐怖力量，取名姜無祟，就是希望他即使身為天地間最厲害的鬼神，但也不作祟、不為怪。

「呵呵……呵呵呵……」他低笑，「……真名又如何？玄女符又如何？」

## 伍・真思無邪，真行無祟

玄女見他已落下風，卻還是一副輕蔑的模樣，某種不安的感覺隱隱浮起，她心想還是速戰速決好，將手中白玉珪璋往天一扔，神奇的事情發生了，一座大鼓憑空現身，又沉重的往地面落下，兩根雷骨鼓槌握在手上。

夔龍鼓，鼓面採自東海流波山上的夔皮，牠聲似雷霆轟鳴，出入海水必定伴隨著大風大雨，以牠的皮製做成的大鼓，再配以雷澤之神的大骨做鼓槌，鼓聲一震五百里，響徹雲霄。

玄女奮臂擊鼓三響，地面劇烈搖晃，幽都鬼哭狼嚎，殘存的牛頭人及所有怪獸全都遁逃的無影無蹤；鼓響六通，黃泉之水沸沸揚揚，三十六道黃黑色水柱直衝姜姜，水勢太快，姜姜身有紅綾綁縛，躲避不及，往後跌了幾跌，地面被撞得七零八落；玄女九通鼓畢，姜姜看來已經氣若游絲，手癱足麻，動彈不得。

旁觀的白霆雷顯然也受到波及，他飛快躲了開去，愈躲愈遠，心中還在納悶，張聿修怎麼不見了，卻換成了一位莊嚴高貴的女神現身？

他不知道，張聿修動用追神咒之後，擁有乩童體質的他竟讓九天玄女上了身，天上神靈親自來鬼門關、直接與蚩尤應戰。

玄女收夔鼓、藏雷槌，下降姜姜身前。

「汝既為魔神，吾自當上承天命，斬殺鬼邪，此謂天命！」

「命由自主……不由天……」一聲冷嗤自盔甲底下透出，「九天玄女，有一件事妳根本沒注意到……」

「什麼？」玄女問。

「妳以為……我為什麼……投胎到桃仙女的肚子裡？」

玄女腦中靈光一現，暗暗叫聲不妙，卻已經來不及了，金光自姜姜盔甲裡迸濺而出，恰似太古洪荒的地面崩裂，那些綑縛姜姜的紅綾被金光照射過後，分崩離析，一瞬間消融的無蹤無影。

姜姜緩緩站起身來，體形暴脹，渾身竟有山嶽聳立的巍峨威壓感，那是一種實質的沉凝、一種蒼涼雄壯、一種自然而然的萬方威儀。

他說，每一字都像一道悶雷劃過天邊、擊打大地。

「我為什麼要投胎到桃仙女的肚子裡？因為桃仙本體就是一道桃符，我自鍾灼華體內而生，也擁有了桃符體質，神通千變萬化，足夠與妳的天符分庭抗禮……」

亢烈狂笑，狷傲又目中無人，他彷彿已將一切結局命定。

原來所謂的桃符，就是以桃木刻成的木板，又稱為仙木，是唯二能與玄女符並稱的靈符。既然是唯二，也就表示還有另一道神符，出自倉頡的鳥跡書符，三道符合稱天地人符——玄女符來自天上，為天符；桃符自地而生，為地符；鳥跡書符出自人手，為人符。

桃仙一族人數不多，又都潔身自愛，從來都不是天庭的隱憂，卻沒想到鍾灼華居然悄悄的與人婚配，玄女尋思，那人看來早已經有了很大的算計。

此時此刻卻不是斟酌的時刻，最好能在幽都裡把這邪神拿下，即時封鎖鬼門關，天下或許還能太平些時日。

該拿出壓箱底的絕活了，當年她能以玄女符壓制天地間最恐怖的凶悖魂體，玄女符的威力可不僅止於此。

「六甲六丁之神，盡出統攝神兵；火光、浮海、吼風大將，各領神兵百千萬，助吾法力，急急如律令！」

玄女唸神咒，詔令神將護持，頃刻間，空中雷聲、雷光簇擁，身披錦袍金甲的神將紛紛現身，他們是六丁六甲諸神將、火光大將、浮海大將、吼風大將，身後各統領了百萬天兵，聲勢浩大，不同凡響。

旌旗遮滿天空，大火大風、吹沙走石，拳頭大小的冰雹紛紛降下，白霆雷因此被打中好幾次，噭嗚幾聲，繼續往外圍退，躲到了一塊隆起的大石後頭，虎爪壓著頭，瞇眼注目戰況。

對於冰雹來襲，姜姜卻不避不讓，再度舉起斑斕長劍往幽都城門一搗，乍然間霹靂一聲，城門之後的山岩裂破千尺，數千顆籃球大小的稜石化為流矢，紛往玄女暴射過去。

玄女舉珪璋，火光大將立刻傾倒手中火瓢，瓢裡有十塊火石，能隨心所欲放大縮小，稜石一遇火石全化成了汁，蒸發在半空之中，霧氣蒸騰，伸手不見五指，姜姜消失在煙霧裡。

「吼風將軍！」玄女急喝，她可沒忘記，布置雲霧幻陣可是蚩尤最拿手的把戲。

青色面孔、獠牙突出的吼風將軍立即現身兵陣最前頭，抖開腰間風袋，颳出一陣颼颼黃風，吹得天地之間都塵揚土撥，當中一隻白色虎獸甚至被風颳到半空之中，車輪兒一樣亂轉，不用疑問，的確是白霆雷，這風居然把躲得遠遠的他都給掀出來了。

霧散，雲開，姜姜再度現身，在他身後卻是人聲喝吼，幾十位身高起碼有兩公尺以上的巨人紛紛從破開的幽都大門奔出，巨人雖然灰頭土臉，卻看得出來面貌猙獰，銅頭鐵骨，頭上雙角崢嶸，鬢髮倒豎，各個都像是由地獄最深處剛衝出來的惡鬼。

「兄弟們，我來接你們了。」姜姜說。

喧譁嘈雜，吼聲甚囂塵上，他們就是蚩尤的八十一位同族兄弟，曾隨著蚩尤與黃帝爭天下，

## 伍．
## 真思無邪，真行無祟

卻在涿鹿戰爭之後，被囚禁於幽都裡，永世不得超生。如今幽都大門破裂，故主呼喚，這都轟轟烈烈奔出。

玄女也知道發生了何事，八十一位蚩尤的族兄弟，每一人都可抵千軍萬馬，她立刻指揮，「格殺勿論！」

數百萬天兵往下衝殺，八十一位巨人振臂相迎，他們還沒來得及表達與蚩尤久別重逢的喜悅，立刻投入一場鬥戰中，他們的武器雖然已被剝奪，但是銅頭鐵骨就是武器，兵刃肉身相擊，金鐵錚錚鏦鏦串連成一首殤曲，鼓舞他們的心智，爭先恐後延續上一場戰爭的餘韻，再也不想及其他，他們已是鬼。

因為是鬼，該有的七情六慾早被磨滅，他們有的只是上一世死亡前的不甘心，當時屍首全被棄置原野，然後是數千年禁錮於幽都的日子，身為鬼，憤怒的情緒一再輪迴，無休無止無盡。

所以，殺——

幽都之上，修羅場再現——

然後——

「煩……」盔甲之下，一抹殘笑，「我懶得等了。」

殺聲滔天之中，劍氣威烈往玄女而去，將狼籍的地面再度撕出醜劣的傷口，玄女秀眉一挑，珪璋相迎，這珪璋其實也是個上古法寶，沒想到竟然不敵遠方衝來的這股劍氣，玄女被震得連退幾步，好不容易站定，也已經是雲鬢凌亂。

喀一聲，圭璋碎裂，玄女變臉。

一道光雨卻又迎面而來，竟是姜姜衝破千軍萬馬，揮舞長劍刺襲；玄女揮袍袖、避光雨、姜長劍縱揮，竟將玄女衣袖斬裂。

若是玄女收手再慢一秒，只怕堂堂天上戰神，也要落得斷臂的下場。

六丁六甲、火光、吼風、浮海三將軍急急趕回來救駕，而玄女也不可能坐以待斃，雷骨鼓槌出現，及時格擋長劍的下一招進刺。

姜姜飛拔沖天，一躍就是好幾十公尺高，高過所有正在戰鬥之中的天兵天將、以及自己的八十一位族兄弟，他知道，曾被硬生生截斷的命運，都能在今日延續下去。

他翻轉角度，劍尖準確朝下，要刺穿地面上的玄女，之前戰敗的屈辱，今日此戰，終能報復。

玄女要避開鋒銳，但劍勢又猛又快，切開幽都裡黏稠的惡臭空氣，而那滔天的殺意更是重若

## 伍．
## 真思無邪，真行無祟

千鈞，成為一張天羅地網，將玄女整個人釘住在原地，逃無可逃、退無可退！

玄女舉鼓槌，劍槌相接，兩道強大力量的碰撞，所造成的轟鳴宛如自遠古黑暗中傳出的初始大爆炸，每個人的耳朵幾乎都被撕裂開了，一圈又一圈的塵霧由玄女與姜姜交鋒的地點噴湧而出，天兵天將與巨人們全因為爆炸帶來的地震而跌倒在地，他們因此暫停廝殺，齊齊看那塵雲翻滾。

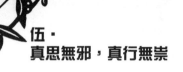

鬼事顧問、零陸。玄女符。

# 【第陸章】地寶天花，解子之窘。

當塵煙散去、當硝煙漸息，數千年來幾乎靜謐的幽都，成了蚩尤的屠場。

天兵天將全不見了蹤影，氣氛濛鴻，若不是還有八十一位巨人喘著劇烈交戰後的濁氣，剛才那一場即時性的戰爭，彷彿從不存在。

爆炸中心點裡，著盔甲的少年戰氣炯炯環顧四方；與他激戰的玄女卻不見了蹤影，只剩躺在他腳邊氣息奄奄的張聿修，後者衣衫襤褸不堪，身上都是傷，看來離死不遠。

「哼。」姜姜垂眼看腳邊之人，「逃得真快，如喪家之犬……」

就在剛剛的千鈞一髮裡，玄女速速離開張聿修身上，連帶遣回所有天兵天將。

這一戰，玄女輸得狼狽、輸得措手不及，而她這一逃，只怕會逼得天庭在極短時間內研擬出對付蚩尤的計策。

「玄女符已被我破解，天上地下，又有誰能奈我何？」姜姜又是輕哼一聲，他已是萬夫莫敵，天下江山指日可取。

八十一位巨人當中不知是誰先歡呼了一聲，千倍萬倍鼓譟跟著響起，合成一輪又一輪的漩渦，驍勇的腳步齊往姜姜集去，他們的族長蚩尤回來了，而他也遵守四千五百年前，在兵敗後的蒼涼氣氛裡，曾對著所有人嚎吼出的志願。

## 陸．地寶天花，解子之窘

他將重生！

而他已重生！

姜姜看著這一群曾陪著自己出生入死的兄弟們，澎湃豪情油然生起，這一刻裡他很確定，他們的意志始終不屈，不愧為自己的兄弟。

「走吧。」他說：「離開鬼門關，往該去的地方。」

愈早到達那個地方愈好，趕在天庭阻撓前……

一名巨人指著張聿修，說：「他剛剛召了玄女上身，可見是上等的巫覡體質，莫忘了，我們正需要巫覡舉行儀式。」

姜姜點頭，想起他們還需要舉行一個特殊的儀式，需要擁有一身浩然正氣的巫覡來作為媒介，張聿修雖然年輕，但體內有天生的浩氣種子，加上從小就修煉，靈力精粹，的確是最恰當的人選。

「……帶著他，治好他的傷。」他說。

巨人將昏迷的張聿修扛在肩上，一行人穿過濺滿鮮血、充塞殘肢與食屍蠹蟲的荒原，沿黃泉，往鬼門關口出發。

傷痕累累的白霆雷推開那些幾乎將他掩埋的亂石，一跛一拐的爬了起來，他看見姜姜如何逼退了玄女、看見巨人將張聿修帶走，他想救人，自己卻也被爆炸後的落石砸傷，自顧不暇。

然後不知怎麼他恢復了人身，光溜溜的人身，不過這裡幾乎不見活口，他露鳥也露得坦蕩光明，只是，淪為喪家之犬之他，想起鍾流水也不知是死是活，一股擔心主子的奴性渾然而起，他於是勉勉強強，也往出口方向而行。

哀嘆，來時他以虎姿全速奔行，也花上大半天的時間，如今他變回了人，還是個受傷的人，只怕得花上三天三夜才能走出這個鬼地方。

走了幾個小時，又渴又累，就在幾乎撐不住的時候，頭上一小黑影姍姍飛來，他瞇著眼看，咦，怎麼會是這傢伙？

「唉唷霆雷君你果然在這裡！」

暗紅色大蝙蝠翩翩降臨，居然是見諸魅，就見她淚漣漣，「奴家遠從田淵市飛來，沒想到主人居然……嚶嚶嚶嚶～～」

白霆雷心臟已經千錘百鍊過，就算看見醜惡蝙蝠哭得梨花帶雨，也不會有想吐的衝動，他只是問：「妳怎麼來這裡？」

見諸魅大概是真的太累了，盤旋一圈後落到白霆雷上頭。

「喂、別停我頭上，我怕妳拉屎！」白霆雷怒斥。

「霆雷君目前無衣蔽體，奴家貼心，不想讓爪子抓痛霆雷君的皮肉，所以……嚶嚶嚶，沒想到霆雷君居然對奴家說如此無禮的話～～」

「哇靠老子都被妳給看光了！不准看！」白霆雷立刻用手遮住胯下。

見諸魅哭得更傷心了，哭得淚珠無窮盡，肝腸寸斷恨難平，「嚶嚶，奴家命苦～～」

白霆雷最受不了女人、不、雌性生物哭了，趕緊轉話題：「……看見姜姜跟章魚沒？」

「奴家守在主人身邊，的確看見姜姜帶著大群人馬穿出鬼門關，還抓了聿修君；唉唷好可怕，姜姜轉性啦，完完全全的凶悖魂體，主人最擔心的事終於發生……」

「有沒有辦法制止？」白霆雷抱著希望問道。

「奴家愚昧，哪兒想得到辦法呢？唉、若是主人清醒，一定能隨機應變，生出許多計謀……」

白霆雷不自覺嘆了口氣，黯然。

「他……傷得不輕，要怎麼救回他？」突然間靈光一現，「上次他重傷昏迷，我侵入他的識海，喚回他來，還能再用這法子嗎？」

「那次跟這次不一樣啊，霆雷君。主人如今跟鍾小妹一樣，靈識蒙昧，仙能渙散，生命力僅夠維持原型，必須休養生息，才能恢復元氣，讓生機再現。」

「要等多久才能恢復元氣？」白霆雷抱著希望問道。

「主人的妹妹化回原型休養十年，也才讓魂魄現身那麼一下下，你說主人要多久？短則幾十年，長則天長地久。嚶嚶，奴家如何能忍受這長期的相思？說不定等主人醒來，奴家也老了……欸、對了！」

「什麼對了？」聽出見諸魅口氣裡的欣喜，白霆雷忙問道。

「霆雷君你是主人的延命貴人，主人是你的桃花貴人，你們互有所補互相搭配，遇到危險一定能否極泰來。對、你一定能救主人！」

白霆雷自己好像聽過類似的爛話，可他到現在也還沒交到個女朋友，哪來的桃花運？又如何能延他人的命？

但、罷了，死馬當作活馬醫來試試看吧。

「怎麼救？」

「……奴家不知。」

「不知道還說什麼屁話！」白霆雷氣得握拳頭，當場想把見諸魅給抓下來捏死。

「霆雷君春光又外洩了，唉唷奴家好羞喔，奴家不能嫁人了嚶嚶嚶嚶～～」

白霆雷一跳，太激動了，都忘了顧好自己的重要部位，手忙腳亂繼續遮羞，又哇啦哇啦叫道：「快帶我到神棍身邊去，我踢他那麼幾下，說不定他就活回來了！」

「霆雷君你變回白澤，就能日行千里，也能順道載奴家一程，奴家已經飛了一日一夜，累死了。」

「吼我現在累得連螞蟻都不會變，要能變，我又幹嘛勞動自己兩隻人腳走路？！」

「那、那、就走吧！」見諸魅直接閉目養神去了。

白霆雷沒辦法，只好繼續拖著兩條光腿往前走。

又過了一個小時左右，前頭有燦爛紫光逼近，光裡少年膚色皎然，風姿絕代，騎一頭狼獸，琉璃秀目略帶驚奇看著白霆雷。

白霆雷見過這少年，曾在圍捕饕餮一役中，與神棍一起並肩作戰，叫什麼貪狼星君。

睡得迷迷糊糊的見諸魅都驚醒了，同樣認出貪狼星君，嘤嘤雖然是人間天上都難得幾回見的美少年，但見諸魅知道星君的脾氣可不好惹，打了個哆嗦之後，乖乖躲在白霆雷的頭髮裡。

「為何赤身露體？」星君一臉嫌惡，「有礙觀瞻。」

白霆雷也不知怎麼解釋，以為他願意這樣光溜溜嗎？

「……你變身了？難怪……」

星君為了自己的眼睛著想，抽出星羅雲布的一根線頭，線頭縹緲飛到白霆雷身上，突然間變成一件銀亮色長袍，將白霆雷包覆起來。

「下一次從虎獸變回人身時，喊一聲『地寶天花，星羅雲布』，線頭會化成衣服，你的醜東西不會再出來見人了。」陸離說道。

白霆雷本來覺得陸離真是大好人，解了他的困境，這時一聽對方鄙視自己的鳥，又悶了起來，他全身上下哪裡醜啦，都是父母生給他的，全都純潔而美好。

陸離望遠觀氣，沉聲又問道：「所以……發生了何事？」

白霆雷剛要開口，陸離卻自問自答起來。

「是了，鬼門關被強制開啟，有人放出那八十一位凶煞……但、怎麼可能？桃花仙萬年修行，命比蟑螂還強，誰人殺得了他？」

「姜姜。」

白霆雷接著將發生的事情全照實講了。

「該說，我一點也不意外，甚至證實我的想法……」眉梢眼角帶著淡淡的憂思，「蚩尤……」

「你們、你們會殺了姜姜嗎？」白霆雷仰頭問道。

「會。」毫不遲疑，陸離回答。「管什麼上天有好生之德，這次他連魂魄都不能留，務必要除惡務盡，以儆天下。」

白霆雷不說話了，以他身為警察的立場，犯罪的人自然要抓起來、關起來、惡意殺人者最好全判死刑，否則，要如何告慰死者的在天之靈，要如何給痛失熾愛的親人們一個交代？

問題是，神棍若是有知覺，他下得了手殺自己的親人嗎？他表面不說，其實最護短，為此與天為敵也不無可能。

事態終究往艱難的方向進展了，身為桃花仙的坐騎，白霆雷自己也很難置身事外。

才哀嘆了一下，腰部突然間緊了一下，白霆雷飛了起來。原來貪狼星君既然已經知道鬼門關裡發生過的狀況，如此汙濁的環境他是一刻也待不住了，有潔癖嘛！星羅雲布化成飄帶，縛住白霆雷的腰身，讓他搭順風車回去。

於是乎，白霆雷成了空中的風箏一只，飄轉紛飛，而他那一條命運的線就握在怪裡怪氣的星君手裡。

而或者、命運早就把所有人都綁縛到了一起。

樹根奮力往下穿刺，衝破一層又一層的土石，枝葉卻奮力朝天空發展茁壯，一株巨大的桃花樹穿透姜村外頭的古老祖墳，花香薰鼻，粉瓣盈放枝頭，襯著幽谷小徑，這棵樹替四周帶來生機。

樹頂之上，紫光飄盪，貪狼星君居高臨下，狐疑。

這村子看來就是個世外桃源，雞犬相聞，炊煙裊裊，四周有大石砌築的寨牆，東西南北各開一門；村裡屋子院牆都不高，被樹木、青竹所圍繞，但在綠樹掩映之下，可以看見牆頭外散落著些許農具，卻沒有半個人在，就像是村民突然之間消失了一樣，而且消失的匆忙，連煮飯的火都未曾熄滅。

這群炎帝後裔、姜姓子弟們，一夕間躲往哪兒去了？

他不解，白霆雷也同樣不解：貪狼星君你把我從鬼門關提回來了，感激，但是可不可以別把我放在這麼高的樹上？我下不去呀～～

還有……

「神棍變成這副模樣，你有沒有辦法救他？」在高高的樹上抱著樹幹，變成無尾熊的白霆雷抖抖抖問。

陸離輕哼一聲，「他是殺罰臨身，大限已到，就算我是神仙也救不了。」

殺罰臨身，是修道人在成仙的途徑上所遇到的殺劫，渡過這個殺劫，自然而然就仙福永享、壽與天齊。鍾流水雖然也是仙，但他長年吃鬼，體內妖氣因此漸漲，仙氣漸消，所以依舊避不開殺劫的危難，該說這是他自找的。

白霆雷聽陸離這麼講，也不知道該如何是好，原來神棍吃鬼有壞處啊，不就像很多人明知道對身體不好，卻還戒不了抽菸喝酒的習慣嗎？

想到這裡，他也不抖了，就是又氣又恨，氣神棍這麼大把歲數的人，還不懂得愛護身體，恨的是，自己好歹也是個警察，遇到朋友有危難，他卻是一籌莫展。

白霆雷又往樹身踹了一腳，「可惡，平常你欺負老子，老子還沒把帳算回來，就這麼一死了之，太不夠義氣了！」

嘴裡說得很是憤懟，其實心裡一整個慌，他與鍾流水相識也不超過一個年頭，但這幾個月內，兩人連手辦案，神幻魔怪接踵而來，牽扯前世今生，千纏萬纏紛擾不堪，兩人是朋友、是同事、是主人與寵物，然後……

為什麼分開的日子來得如此早？

想到這裡，本來心酸的想流淚，又想到男兒淚不可以輕易彈，他乾脆又打了桃花樹一拳，嘰咕嘰咕罵著。

「神棍你給我死徹底些，別突然活回來；不過嘛，老子宅心仁厚答應你，要是你活回來，以後老子乖乖當你的坐騎，你想去哪裡，老子變回老虎載你去！」

桃樹沒任何反應，大概真如白霆雷所說，徹底睡死了。

白霆雷又怔怔發呆了好一會，見諸魅突然翩翩飛到陸離身前，半是撒嬌半是懇求：「星君大人，您見多識廣，求您一定要救救我家主人的命，奴家這裡給你跪下了。」

陸離眼皮抽動了一下，一隻哀怨作態的蝙蝠，就跟一個光天化日露鳥的警察一樣，都對眼睛不好。

白霆雷大夢初醒，這時也跟著叫道：「沒錯，差點忘了我是神棍的延命貴人！快快快、你們仙人最會寫符唸咒放雷電作踐凡人，隨便你怎麼作踐我都行，只要能救神棍！」

陸離冷冷說：「你救不了他。」

「胡說八道，我是神棍的延命貴人，有我在，他死不了！」本來對延命說有相當疑慮的白霆雷，這時候居然一股熱血沖上頭，對著高貴的貪狼星君咆哮起來。

陸離一撇嘴，「……你根本不是桃花仙的延命貴人。」

見諸魅立刻搶話：「啟稟星君大人，奴家的確聽主人說過，雷霆君是主人的延命貴人，主人說過的話絕不會錯。」

「桃花仙的本事當然不容置疑，但是你……」微瞇著眼，陸離指著白霆雷說：「換了命吧？嗯、換得天衣無縫，普通修道者絕對看不出來，跟你換命的那個……大概是哪位虎爺……」

陸離說得沒錯，鍾流水曾經帶著白霆雷往城隍廟去，讓白霆雷跟虎爺暫時交換命格，以免白霆雷受到南洋邪術師張逡的操控。

「我現在就去把命換回來！」

白霆雷這下茅塞頓開啦！

虎吼著從樹上縱躍而下，半空中翻身一扭化為虎形，凌空往田淵市方向平射而去，可謂是迅若流矢，火燒屁股了都沒這麼焦急。

「等等、我話還沒說完……」

陸離想要叫住他，但白霆雷早就沒了個影兒。

性急的白澤！

陸離搖頭，一個人的命數不能隨意更改，除非遇上了他的延命貴人；但延命基本上是一種交換，若要延桃花仙的命，白霆雷就必須犧牲自己的命，再說了，就算能將白霆雷的命都給榨乾，只怕也回復不了桃花先原有的實力，兩者質量差太多了。

「桃花仙是沒辦法回來收爛攤子了。」陸離喃喃自問：「蚩尤卻跑哪兒去了？能躲過四值功曹跟日夜遊神的耳目，看來得細細推敲他們的路徑。」

拿出手機細看，依然沒訊號，咱們冷淡清高的貪狼星君又開始不太冷淡清高。算了，他先往村子繞一繞，若是沒發現，就回田淵市找阿七，看這事怎麼辦吧，若是處理的高明，阿七能戴罪立功，也就不需要待在人間，領那微薄的土地公薪俸了。

轉念又想，要是阿七回天上，不就表示自己也得跟著回去天上，過那種無聊到跟白開水有得比的神仙生活嗎？真是糟糕，他好不容易在「天穹榮耀錄」裡找到一個地下城副本，沒打完這一關，他絕對不甘心回去。

嗯、該如何是好……

「值日功曹何在？」他往天上問。

值日功曹周登這次遲了幾十秒才現身，這讓星君有些生氣，正要開口責備，卻突然注意到周登的鼻子腫了，帽子也歪了，衣服也破了，於是問道：「會何遲應本星君的召喚？」

周登委屈的揉揉鼻子，就見一行白鷺上青天、兩行鼻血流下來。

「卑職正在附近巡查，半路上卻被隻莽撞的白老虎給撞啦，好像是桃花仙養的那隻……他跑歸跑，不看路的，撞了人還都不道歉，卑職於是跟他打了一架，好不容易拔了他幾根毛，就聽見星君召喚……不是我說，要是再多給卑職一些時間，那隻老虎以後絕對不敢再囂張……」

陸離冷哼一聲，從周登的情況看來，打架吃大虧的該是這位功曹吧，誰不知道桃花仙的白澤是威勇的神獸，周登一個小小值班傳令神仙，不是白澤的對手。

「別理那隻莽獸。遵我命令，領其他三值功曹、日夜遊神等，以此地為中心，擴大巡邏周遭五百里，任何蛛絲馬跡都不可放過，只要發現到異狀，立刻回稟。」

「星君是否要回田淵市，與七殺星君會合？」周登問。

「我往姜村裡巡一巡，這裡既然是酆都大帝的藩屬，就算人都撤光，肯定還有蛛絲馬跡留下。」

「遵旨。」周登領命去了，一下子飛上半空中，又是幾滴鼻血從空中落下。

陸離避過那些鼻血，轉頭對一旁還飛來飛去的見諸魅說道：「這個節骨眼上，我也沒多餘精力照顧妳家主子，妳自求多福吧。」

「奴家、奴家就算拼了性命不要，也會保護主人安全。」見諸魅嚶嚶嚶的說。

「……妳是血瓔珞，有妳護衛，一般邪道也侵犯不了桃花仙的本體。」

陸離說完，化為紫光往村子裡去了。

穿街過巷，陸離在每一間粉牆黛瓦裡都停留一會，就連卵石巷弄裡的水井也都沒放過。

最後紫光停在了村子中央，該處匯聚了村莊裡的主街與次街，有一個大水池，池中建了座亭，陸離現身亭中，一抖手中的星羅雲布，一位年輕的女孩子從裡頭滾了出來。

## 陸．地寶天花，解子之窘

女孩子昏迷不醒，但她容顏姣麗，是個美女啊！陸離這下反倒疑心起來，偌大的姜村如今只剩這麼一個人，會不會有詐？

「嘿、醒來！」毫不憐香惜玉的，星君一踢女孩子。

女孩子一動也不動，突然間他卻瞄到了什麼，俯身拉開她的衣領，這樣的動作看來像是要輕薄對方，但實際上，他不過是要確認某件事情。

女孩子的琵琶骨被兩根細細的鉤刺給穿進去了。

琵琶骨，也就是鎖骨，是人體十二經絡與任督雙脈的交會點，也是靈能與元神連貫的地方，一旦被外力穿入，能廢除修道之人的修為。當年孫悟空被二郎神逮住之後，二郎神立刻用勾刀穿入他的琵琶骨，就是這個道理。

陸離不解，為何要特意廢掉這女孩的修為呢？

陸離是在村子裡一間地下室裡發現她的，可能是村民們離去的太匆忙，忘了帶上她。陸離想，或者這女孩子是個犯人，或者她知道姜村的祕密，要喚醒她，只怕還得先幫忙取出她琵琶骨上的鉤刺。

取刺，說來容易，其實有相當的困難度，女孩的靈能與元神目前已經被這鉤刺給定住，他只能以自己的星火之力來慢慢的化掉刺，這過程耗時耗力，還得特別小心，施力太輕，沒效；施力太重，會直接擾練脈流，讓她成為植物人。

陸離最後決定，那就只化一根好了，他不確定這女孩是好是壞，化一根針，足以讓她清醒，又能防範她作怪。

涼亭裡紫光驀地大盛，連帶女孩也一起被包裹在紫光中。

白霆雷發了野的馳騁，從黃昏奔到黎明，白色的虎影瞬息而逝，讓許多走夜路的人都以為碰見了鬼，但這樣拼了命趕路的結果，竟讓他在黎明前回到了田淵市。

也不知是因為在鬼門關裡受過了傷，又或者是長途跋涉耗去他最後一點兒的體力，剛踏入市區便筋疲力盡，他倒在了大馬路上，之後就不省人事。

醒來時，眼前一片白。

這、他白霆雷終於走到人生的盡頭，而上了天堂嗎？

……

不對啊，他又不信上帝，怎麼可能上天堂呢？就算死、也該是下地獄才對，他可沒白目到認為自己的魂魄很搶手，會讓各方異教都來搶。

再仔細一看，他身穿淡藍色病人袍，躺在一間白色病房裡，身下床墊、身上被褥也都是白的，手臂上插了針，正在吊點滴。

所以他到底身在何處？

「就說你該醒了，再不醒，我考慮拿鞋跟刺穿你的頭蓋骨，看裡頭裝的是腦漿、還是漿糊。」

熟悉的女聲從旁響起，白霆雷抬眼看，有美女站在床前，美女肩膀上還掛著一隻紅色大鳥，他愣了好幾秒，終於認出是誰在說話。

「姬科長！」他望著這毒若蛇蠍、不對、是美若天仙的姬水月，吶吶問道：「我、我怎麼……」

姬水月，警察總局特殊事件調查科科長，有相獸、司獸的本領，若是各地方出現了妖獸，基本上案子都會轉由她來處理。

白霆雷算是她的下屬，所以她會出現，不意外，只是白霆雷想破頭也不知道，自己怎麼到了醫院裡。

「田淵市民報案，說有白色大老虎趴睡在馬路中央，我收到訊息後立刻趕來，只差一秒鐘，你就要被送到動物園去接受全身檢查了。」說到這裡，姬水月噁心起來，「大馬路上你居然當著我的面變回人，還一絲不掛，想讓本科長被人誤會對你怎樣了嗎？」

白霆雷滿懷希望的說道：「科、科長，我可以負責娶……」

那個「妳」字還沒說出口，就被姬水月以一記眼刀給剪斷，白霆雷很聰明的住嘴，突然間重要的事情掠過腦海。

「科長，事態緊急，我要立刻趕到城隍廟去！」拔掉手上的針，他掀開被子就從床上跳下要往外奔出去。

姬水月一把扣住他手腕，把人給扔回床上，直接扼住下屬脖子，吐氣如蘭在他耳邊問道：「先給我交代清楚，你跟鍾先生去風陵市辦案，現在你人是回來了，但鍾先生呢？」

「死了，神棍死了。」白霆雷說，掩不住的黯然。

姬水月心裡一驚，很快卻又搖頭，「不可能，以鍾先生那樣的本領……」

「真的死了，不、也不算死，總之跟死了差不多，但是我可以救他、或許、也不一定，總之我要把命換回來，我那個、延命貴人、桃花貴人……」可能真是慌了，白霆雷開始語無倫次起來。

「所以你要先往城隍廟去，跟虎爺把命格換回來？」

另一道低沉的男聲從門邊傳來。

那人站在病房門邊，穿著打扮像是工地裡常見到的建築工人，皮膚黝黑，身強體壯，揹一柄十字鎬，卻是阿七。

阿七是本市一百二十八位高階土地公之一，就像之前提過的，他本來是天上的七殺星君，因為觸犯天條，被貶於凡間當土地公，等有功再復職。他剛剛從其他土地那裡聽到消息，知道白霆雷居然光溜溜躺在大馬路上，立刻往醫院找了來。

姬水月放開下屬的脖子，回頭對阿七打招呼，她曾經被這位帥哥救過，所以兩人也算是朋友，她不知道的是，自己前世就是造成阿七觸犯天條的原因。

「你可知延命貴人真正的含義？」阿七又問。

白霆雷大大搖頭，他只知道鍾流水或許會重獲生機，卻不懂自己可能會因此而死。

阿七默然，還是別提點的好，鍾流水能不能因此延命也不知道，乾脆一切看天意。

舉十字鎬往地下一敲，他掐訣唸咒：「顛倒乾坤，變易日月，蒼穹黃泉，殺貪破陣，七殺星君律令攝！」

紫霧瀰漫、銳氣千條，十字鎬在小小的醫院病房裡，突然間變成一頭披黑色鱗甲、長有雙翼的怪獸，正是七殺星君擁有的星軺。

阿七當先登上星軺，回頭對白霆雷說道：「上來吧。」

白霆雷會意，再度從床上跳下，跨坐到阿七背後。感激涕零啊，同樣是星君，那個星君只會把人當風箏，這個星君會請他上座。

病房的窗戶無風自開，星軺飛穿過去，姬水月氣急敗壞從窗口往外探出上半身大叫：「喂喂、那我呢？」

兩大男人都裝作沒聽到，逕自去了。

姬水月氣炸了，白霆雷是她送到醫院來的，鍾流水到底是生是死也不清楚，身為特殊事件調查組科長，怎麼可以置身事外？

哼、想甩開她？門都沒有！

她摸摸自己肩上的紅鳥，說：「你跟著去看看，我要知道他們往哪裡去、又見了什麼人。」

紅鳥朱明吟叫一聲，朝紫氣飛遁的方向去了。

星軺飛行的途中，白霆雷好彆扭啊，病人袍下什麼都沒有，吹著風，他只想打噴嚏。

但他卻做了件讓阿七不解的事，把身上的病人袍脫掉，光溜溜在天空中溜鳥。

「這樣做不太好。」阿七很客氣的提醒。

白霆雷搖搖手，口裡唸道：「地寶天花，星羅雲布！」

一件長袍立即披到他身上。雖然是那種幾百年前老爺爺會穿的長袍樣式，但還是比病人袍稱頭多了！

「星羅雲布的線頭。」阿七認出來，大大地不解，「陸離……怎麼可能會給你？」

「他說不想看見我的醜東西。」白霆雷說得理所當然。

阿七懂了，的確是陸離會做出的決定。

接下來白霆雷把最近遇上的事情都講了一遍，阿七聽著聽著，眉頭揪得像是一團亂毛線，怎麼解也解不開。

田淵市城隍廟前，紫光緩緩下降，考慮廟裡善男信女正多，阿七使用一招能迷亂視覺的障眼法，讓普通人看不到他們的存在。

阿七收了星軺後正要入內，正好有一黑一白兩身影跟他們一起進入。

「吼喔～～」白霆雷朝他們喊了喊，他認識這兩個人，小白小黑，田淵市的黑無常和白無常。

小白嚇了一跳，等認清楚是誰之後，笑嘻嘻說：「唉呀呀不是土地公大人跟小霆霆嗎？跟將軍出差回來了啊？帶了土產沒？嘖嘖我聽風陵市的同事說，鍾將軍跟美女來了場幻術大ＰＫ，鬥得那是驚天動地日月無光，市區斷電整整三天，龍捲風颳了一星期，河水變血水，蝗蟲到處飛……」

「那個。」小黑輕咳一聲，「他們不是這麼說的……」

「喔、我修飾了一些、對、這叫修飾，小黑你懂不懂啊！」小白擺擺手，繼續對白霆雷說：「昨晚咱家城隍老爺突然間一個人喝起酒來，說什麼天命不可違什麼的，我猜他老人家大概想念鍾先生了，小霆霆你碰到鍾先生的時候，讓他來陪城隍爺喝些酒，同樣是老人家，比較有話題聊嘛，俗語說，酒逢知己千杯少，老人聊聊死不了……」

「無常君，我等有要事求見城隍爺，煩引見。」阿七說，他雖然曾經貴為天上星君，但目前職稱也不過是城隍轄下的一個小土地，並不會隨意闖入這城隍寶廟。

「是，隨我來。」小白笑嘻嘻答，跟著小黑一起，領兩人入廟裡。

說來這是白霆雷第三次造訪本市城隍廟，依舊是無常塑像守門口，判官羅漢列兩旁，殿上匾額三個字「爾來了」發人深省。

一種暗示人總有死期到頭的警語，是所有生命終將選擇的道路，躲不開、逃不了——

「爾來了～～」陰惻惻的有人喊。

哇哩咧白霆雷被這突如其來的聲音嚇到想剉賽，回頭怒罵，「誰啊！」

長眉闊目的城隍爺站在他背後撚鬚微笑，臉紅紅，酒氣沖鼻，一見就知道喝了很多酒。

「呵呵、阿七好久不見……小霆霆你可終於來了……也差不多是時候……唉、殺罰臨身，避都不能避，將軍擔憂的事情竟然成真……」

城隍爺熱絡打著招呼，但口氣趨於擔憂，似乎對最近發生的事情早已經了然於胸。

「所以……你也知道了？」阿七問。

「當然，天上地下都在警戒，只因為鬼門關被迫開啟……為了避免引起人界騷動、慌張，天庭只能低調搜查蚩……的下落……」城隍爺打了個酒嗝，搖搖頭說：「將軍死去……或許是件好事，否則天庭殺雞儆猴，他會是第一個……」

阿七嘆了口氣，為什麼嘆氣，他自己心裡有數。

白霆雷卻懶得跟他們囉嗦，直接點明來意：「我要換命，把命換回來！」

「換回我家阿虎的命格？簡單，當初將軍給了你一個香火袋，把香火袋裡頭的符紙燒了，魂就換回來了。」城隍爺回答。

這麼簡單怎麼不早說！白霆雷忍不住百般怨懟，但是低頭一看，慘，一路上變身太多次，別說浪費了多少件衣服，就連身上掛著的香火袋也早就不知掉哪兒去了。

「怎麼辦？香火袋不見了！變不回來了，」撲過去就抓住城隍爺的肩，悲憤萬千搖著他喊：「是你讓神棍給我換命的，現在神棍死了，你要負責給我換回來！」

「別搖、別搖……我要吐了……」城隍爺臉都青了。

白霆雷不管，繼續搖啊搖、搖啊搖、搖到外婆橋……

喔不、城隍爺真的吐了，而且全數吐在白霆雷身上！

小白小黑一看，自家老爺子好丟臉哪，待會兒搞不好要他們幫著洗白霆雷的衣服內褲，乾脆腳底抹油跑了；阿七則是遠遠退開幾步，他雖然沒有陸離那種輕微的潔癖，但嘔吐物難看難聞，他敬謝不敏。

也是白霆雷活該，誰叫他要去搖晃一個過去十二個小時裡都在喝悶酒的人？這下身上稀哩嘩啦，跟城隍爺一樣滿身臭味。

城隍爺吐完之後，神清氣爽，拍拍臉色比大便還大便的白霆雷，打哈哈，「別擔心，換命符沒了，那就再施行一次換命術。」

「真這麼簡單？」白霆雷不是很相信一個酒鬼的話。

「就這麼簡單。」城隍爺卻又聳了聳肩，「問題是，我不會換命術。」

「他喵的要我嘛你！」白霆雷咬牙切齒，這什麼城隍老爺，無能到了極點，乾脆掐死他算了！

城隍爺見他目露凶光，知道這頭虎獸要撒野了，趕緊又說：「年輕人，聽我說完，我不會換命術，他肯定會。」

咦？順著城隍爺手的方向看，指的居然是阿七。

阿七苦笑，幫忙換命當然沒問題，但白霆雷能不能先去洗個澡？臭死了。

所謂的換命，就是將兩個人的命格相互對調，一個本來天生窮困的人，可能會因此而大富大貴，相對的，那個原本應該大富大貴的人，便會永遠都窮途潦倒，一輩子無法翻身。

由此可見，換命有違天理，不過白霆雷跟城隍爺座下虎爺的換命，只是一時的權宜之計，知情人士偷偷摸摸進行，上天也會睜一隻眼閉一隻眼。

阿七懂的偏門法術不比鍾流水少，換命這種事兒，幾乎不費吹灰之力就可完成，劃破白霆雷中指，等流出血後，壓上城隍神像下的那尊石刻虎爺額頭。

白霆雷在心中罵罵罵：阿七你看來穩重，怎麼跟神棍一樣，不告知一聲就給人取血？老子上捐血車捐血時，小護士扎針之前還會笑一下呢，捐完也有一包餅乾一瓶飲料，那像這些當仙的，說要就要，也不管人家的身體被摧殘到怎樣了，連點同理心都沒有……

阿七哪有空搭理白霆雷的情緒啊，只是忙著唸藏魂神咒。

「天蒼蒼，地皇皇，虎爺對調你生辰，神不知，鬼莫見！」

白霆雷已經是第二次換命了，所以對接下來可能會有的感受並不陌生，他體內的某些東西透過受傷的手指傳到虎爺的額頭，同樣的，虎爺那裡也有澎湃的氣流朝他奔騰而來，他先前渡到虎爺體內的部分魂魄與陽氣就這麼回來了。

眨眨眼，哇喔！神清氣爽，原本有的混沌不安，突然間煙消雲散，他覺得自己又完整了。

「走，帶我回神棍那裡去！」他站起身說。

阿七點頭，他本來就打算去找陸離，根據之前周登的消息，姜村裡有很不尋常的事情發生，這就過去支援一下好了。

或者、順便與鍾流水道別一番。

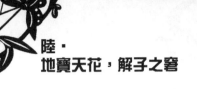

鬼事顧問、零陸。玄女符。

【第柒章】四馬攢蹄，

柔腸九曲。

姜村——

在桃花樹的繁蔚枝葉中，見諸魅打著小盹兒。

正夢見她與主人初遇的情景呢，那時候天雷勾動地火，對、沒錯，與主人雙雙陷入愛河，嚶嚶，從此情比金堅，主人到哪裡都帶著她，一刻都不肯稍離，如鴛如鴦，永浴愛河……

突然間桃花樹晃了一下，見諸魅以為地震了，睜眼看看四周無異常，繼續睡，幾秒鐘後樹又晃動了一下，無風，桃花卻朵朵而下，這景況不尋常。

難道、難道主人醒來了嗎？

見諸魅一喜，卻又感覺不到鍾流水任何的訊息，那麼，剛才的晃動怎麼來的？

這時候她注意到地面劇烈震動，心覺不妙，立刻張開她保養得有若絲綢質感的膜翼，飛到地下墓室裡，發現桃樹著根的地方有土塊隆起，像是露出脊背的鯨魚，不停在樹根附近挪移，彷彿有東西正要破土而出，

就算見諸魅見多識廣，也不知道主人身上為何會出現這樣詭異的變化，她喊了幾聲主人、主人，依然感受不到任何訊息。

劈劈啪啪，卻見地表龜裂了，細碎土石由破口處往外噴發。

## 柒．
## 四馬攢蹄，柔腸九曲

火山要爆發了嗎？見諸魅害怕起來，卻見一雙牛角從地下刺出，見諸魅立刻避到一旁，要觀察這牛角。

當此同時，桃樹也有了動作，揚起兩條細根，往牛角緊緊纏繞了過去。

「吼！」土裡牛鳴震地，但因為牛角被牽制住，前進後退都不得，頓了頓，九根粗糙草繩破土而出。

草繩一出土就往桃花樹幹盤繞拉緊，繩索紛呈十字交錯，密合成一片魚網，九條草繩纏成了個「九曲柔腸結」，被結碰觸的樹皮處，沸騰聲吱吱吱，就像被炭棒給燒灼，桃樹搖晃了一下，又是幾根枝條延伸往下，它們來勢極凶，居然挑斷了那幾根縛住自己的草繩。

草繩各自扭動了幾下，卻又迅速相合連在一起，地裡牛吼聲也更加凶猛，牛角下獸頭用力扭擺，企圖掙脫先前纏繞的鬚根。

九條草繩在空中與柔軟的枝條纏鬥起來，你來我往，雖然看來不過只是枝條與繩子相爭，但凶險絕不遜於以真槍實刀來砍斫，看得出來草繩亟欲要擋開上頭飛舞的樹枝，好讓地下那牛角獸頭人出來。

桃樹身為守方，枝條愈伸愈多，最後同樣形成一個又一個的結，那些結彼此相接相合、宛轉交錯，這樣的結穿破地下息壤，罩住牛角獸頭人，每根枝條又再細分出尖銳的刺抵住獸頭，威脅的意味不言而喻。

這結也有個名稱，叫做「結不解」，取「著以長相思，緣以結不解，以膠投漆中，誰能離別此」的意思，而結如其名，難以解開，是古代獄卒祕傳用來綁住犯人的數種繩結之一。

牛角獸頭人硬是要破土而出，桃枝因此根根刺入，獸頭上汩汩冒出怪顏色的體液，他鼻頭不斷嗚嗚低鳴，又撐了半晌，但是「結不解」將他牢牢卡在土裡，就像被活埋了一半。

見諸魅一直在旁觀戰，發現桃樹仍有自保的本能，真是欣慰，或者主人已經正在恢復之中，但、地下這人是誰呢？

那是個牛頭人身的怪物，全身漆黑，頭上有三隻眼睛，當他齜嘴時，還可看見幾隻食屍蠹蟲卡在他牙縫間。

見諸魅突然間認出他是誰了！

「你是奪谷的色老頭！」見諸魅在「結不解」之外邊飛邊喊，「你不在地獄看守囚犯，怎麼會來到姜村、又怎麼會被我家主人給困住？」

正是土伯，他艱難的在「結不轉」裡蠕動，仰頭朝桃樹大聲怒吼：「桃花仙，同是被天庭利用的一顆卒子，你何苦為難我！」

桃花樹無語，但「結不解」又緊了一些，把土伯刺得體無完膚，土伯大喝一聲，土咒源源不絕出口。

「土塵泱泱，韜伏堙曖，土石幻遁！」

構成墓室主要結構的息壤開始分裂，塊塊泥土往上懸浮，想要凝聚成石柱，但因為土伯還被「結不解」壓制住，控制能力也就沒那麼俐落，那些土石始終無法有效堆疊。

土伯曾為幽都君主，當然不會被這「結不解」給困得死死，渾身一個繃緊，身上的九根草繩穿透「結不解」的空隙，死命挑起土塊往桃樹根部拍打，碎散的泥土不斷堆疊、連結、增生，逐漸將樹幹給覆蓋。

見諸魅看出不對勁，連連嬌斥：「糟老頭你給我住手，不許欺負奴家主人！」

土伯嫌她吵，一根草繩迂迴飛來，打算要將見諸魅穿心而過，見諸魅不慌不忙，以一種料想之外的迷離姿態逃過，逃過了穿心之痛。

草繩空中彈回，尾端再朝見諸魅而來，後者稍稍調整翼膜，詭譎繞過攻擊，輕盈馭風，小爪子直朝「結不解」扣下，土伯的頭頂因此被尖銳的爪尖給刮花。

土伯倒是有些驚異，他身體比鋼鐵還堅硬，見諸魅的爪子居然不費吹灰之力就抓傷他，看來不能小覷這隻蝙蝠，而且傷口處傳來痛麻感，這尤物不僅說話聲音能蝕人心骨，看來體內也含藏劇毒。

第二根草繩彎彎抽抽又來，與第一道草繩連成一枚「縭結」，見諸魅就發現頭上一朵黑雲罩下，現場氣流紊亂到連飛都不能飛，立刻收翅墜落，爪子往土伯正怒張的眼珠子攫去。

「桃花仙養的都不是好東西！」土伯目露凶光，完全不眨眼。

就在小爪子要穿透土伯眼珠子的時候，見諸魅卻突然定住，發出痛心魂斷的淒厲哀嚎，「縭結」已經裹住見諸魅，而結如其名，抓住見諸魅之後，將她上下左右牢牢扣住，狠狠勒緊她的小肚子，緊到幾乎內臟就要擠出來。

見諸魅使盡渾身解數，居然都掙脫不了。「縭結」象徵著同心同德，所造成的殺傷力與綰結的力道當然也比普通的結大了一倍不止。

土伯搞定了麻煩的小妖精，終於可以心無旁騖與「結不解」進行角力，一道妖黃光芒沿土伯身上的九條繩子往外傳送，硫磺味隨著黃光飄散，「結不解」遭逢黃光後扭曲起來，那原本是由樹枝結成的籠網，陡然間起火燃燒。

柒‧
四馬攢蹄，柔腸九曲

土伯終於掙脫出來，原來他一直都被桃樹根困在地底下。

「刁鑽狡滑如你，死前還不忘找個墊背的！」土伯往樹根處吐了一口痰，大罵，一揚手，連那些還纏著他不放的樹根也都跟著起火燃燒，桃樹感受到了疼痛，綠葉粉花撲撲簌簌如雨下。

土伯再度唸起土訣：「土塵泱泱，韜伏堙曖，土石幻遁！」

桃樹這時候已經被息壤給淹沒了三分之二，但隨著土伯唸咒驅動，墓室上層的土塊崩落，與墓室裡原有的息壤結合到一塊，化成幾百根方尖塔狀的石柱往桃樹合攏，幾乎要把桃樹給活埋。

眼見就要搞定桃花仙，土伯嘴噙一絲獰笑，但是突然間他不笑了，仰頭看墓穴上方的大開口。

洞穴外，有巨大火球奔騰而來。

「天火燎？」土伯低聲驚呼。

沒錯，正是天火燎，由日月星三光所凝聚，而在風火朦朧間，有個偉岸的身影立於紫光中，卻是阿七，他遠遠看見土伯正在對付桃花樹，想也不想就打出天火燎，這是七殺星君的絕技之一。

石柱掩埋桃樹的動作倏停，息壤改而集中到土伯前頭，化成厚實土牆來阻擋天火燎。

天崩地裂一聲響，土牆碎裂，帶起地面捲起千道漣漪，攻擊來的火球也因為被這麼一擋而改往上沖，轟然於空中爆炸。

土伯立即要沒入地面逃開。他並非懼怕七殺星君，只是知道兩人實力相當，硬拼的結果，一定會落個兩敗俱傷，更別說星君身旁還有隻棘手的神獸白澤，他還不如趕緊回到蚩尤身邊去，起碼給己方增加戰力。

頭顱才剛要完全沒入地面，化身為白澤的白霆雷已經躍到他頭頂上，一見這老小子要逃，氣得他虎鬚賁張，張嘴就咬住牛角，當成是狗狗潔牙棒一樣的拼命嚼。

「放手，你！」土伯氣急敗壞喝止。

白霆雷繼續拉扯。

哼、他小時候最愛唱的就是拔蘿蔔這首歌，拔蘿蔔、拔蘿蔔、嘿唷嘿嘿拔蘿蔔、嘿唷嘿唷拔不動——才怪！

土伯被一寸寸拉出地面，而阿七雙手抱虛圓，明顯要追加一記天火燎，土伯急了，乾脆放棄掙扎，從土裡一蹬而上，就在這時火球凜冽浩蕩而來，震耳一聲響，火苗紛飛，土渣四濺，天火燎竟將地面打出了個的大洞。

## 柒．
## 四馬攢蹄，柔腸九曲

「不好！」阿七突然低呼一聲。

煙硝中，還咬著牛角的白霆雷就覺身體一輕，九條草繩突然纏繞到他身上，將他的四蹄一一束縛又反扭到背後，還綁到了一塊兒，成了個四馬攢蹄法。

這繩結綁的方式太特殊，愈掙扎就愈緊，土伯又指揮繩索空拋空甩，搞得白霆雷天旋地轉，內臟全在胸腔腹腔內給攪成一團黏稠的蛋白質。

「吼吼！」白霆雷大喊放手了。

土伯當然不放手，白霆雷又在空中翻了一圈，猛然下墜，背部傳來劇烈疼痛，土伯竟然把他當成擲錘往桃樹打，白霆雷接著聽到吱吱嘎嘎，不妙，桃樹居然要被他撞斷了！

白霆雷內傷很重，但他知道，桃樹受創更重，可能是遇上生死關頭，他全身毛髮全豎了起來，居然撐開了草繩，讓他從四馬攢蹄的綑綁中鬆脫出來。

原來這也是白澤的技能之一啊，白霆雷愈來愈喜歡身為老虎的自己了。

阿七再度出手，輕喝，「星軺，變！」

他座下的星軺起了變化，變成一根黑鱗銅皮雙尾叉，凌厲朝土伯扔去。

土牆再起，及時在土伯身前擋格住那凶狠的一擊，雙叉刺入息壤之中，卻像是沉入了一灘爛泥之中，眼見雙尾叉就要陷入裡頭，阿七打了個響指，雙尾叉倒飛回阿七手裡。

白霆雷吼吼叫著，看準了土伯的方向撲掠過去。

阿七臉色一變，阻止，「不行！」

來不及了，被割斷的草繩在一瞬間又聚合起來，土伯雙手抓著繩端，九根繩子纏成粗長的一條，往白霆雷肚腹捲去。

這時候就應證了我們大部分的人都知道的一個道理：一根筷子很輕易就能折斷，三根筷子得稍微使點勁，九根筷子？

抱歉，白霆雷的毛髮再犀利也撐不破了，於是草繩狠狠把白霆雷纏繞，再度往桃樹已經出現了裂縫的部位狠狠砸去——

砰！

吱嘎吱嘎——

木質細胞斷裂的脆響，並且夾雜著一頭老虎的呻吟，老虎倒在樹根處，毛髮逐漸褪去，從他七竅不斷湧出鮮血，部分流淌而下，滲入桃樹的裂痕，一部分又滴到樹根上頭。

幾點桃紅花朵灑在他身上，灑在樹身上，一時間竟分不出哪個是血、哪個是花朵。

## 柒・四馬攢蹄，柔腸九曲

阿七愀然，土伯果然是土伯，臨變快，法寶驚人，只要身在土層豐厚的地域裡，連身為星君的他想要制服對方都不太容易。

黑鱗銅皮雙尾叉掄出九九八十一旋，地面飛轉千百道塵煙，雄渾浩壯暴衝土伯，土伯卻已經有準備，收回繩索要施出土石幻陣，突然間他整張臉僵住，收繩的手也頓在半空中。

「怎麼……可能……」

破碎的惡音由齒縫中透出，土伯驚愕的睜瞪雙目，手腳卻還是一動也不動，腦中念頭還沒轉過來，阿七的攻擊先過來了。

驚濤駭浪的一招就這樣嚴嚴實實打在土伯身上——

阿七出招時已經注意到土伯的異狀，卻怕有詐，因此還保留三分實力，可以有餘裕來應付接下來的任何變數，但是一等塵煙散去，土伯的慘狀倒是讓他大吃一驚。

土伯整個身體都受了嚴重的燒燙傷，表皮斑斑駁駁，囊腫跟水泡滿布上頭，半邊臉見了骨，更奇怪的是，他居然還維持同樣的站姿。

「土伯你搞什麼鬼？」阿七都忍不住開口問了，他知道土伯的本體是由土地的精華生成，地裡則是各種金屬礦物的集中地，說他是銅筋鐵骨也不誇張，但就算如此，也不該毫無抵抗的任著他打。

土伯自己也不敢相信，只覺得身體力氣正在消融，還冒著煙的他連話都說不出來了，他死命瞪著某個方向，卻不是阿七、也不是白霆雷，而是已經從地下搖搖晃晃飛起來的見諸魅。

是她，那隻小小不起眼的蝙蝠，一切都是她搞的！

見諸魅這下可解氣啦，搖搖晃晃飛起來。

「……哼、欺負奴家……欺負好主人……」哀婉之中，仍可聽出見諸魅語氣中的陰毒怨恨，「讓你嚐嚐……咱血瓔珞的……殭毒……」

一聽是血瓔珞，土伯終於知道，為什麼自己身體會出現異常。

血瓔珞是某種妖蝠的雅稱，蝠神元衣真人曾經到海外，跟異國的血族，也就是所謂的吸血鬼合婚，生出的後代便是血瓔珞，會變化，能識鬼，被牠們咬過的人物都會被移入一種殭毒，讓被咬者全身僵硬，任血瓔珞予取予求。

據說血瓔珞都在血族之國定居，東方世界裡，見諸魅可能是唯一的一隻。

阿七放下了心，這麼說來，土伯應該是被見諸魅傷了，難怪動也不動，要知道血瓔珞的毒不是普通的毒，神仙遇上了，只怕也會行動遲緩那麼一陣子。

「土伯你大勢已去，老實招出來，應該在奪谷好好待著的蚩尤凶魂，是不是被你私放出來？你又為什麼要投靠蚩尤一族？」阿七沉聲問道。

「為什麼……投靠蚩尤一族？」土伯臉都僵硬了，卻硬是從瘡痍的半邊臉上弄出一個很不屑的抖動，「……天庭……拆我幽都……閉我門關……堂堂君王被貶為……守門官……不甘心……」

「汝等資助蚩尤叛亂，人民愁嘆，號天怨天，天庭才不得不出手干預人間戰爭。」阿七正義凜然反駁。

「天地不仁……以萬物為芻狗……不仁、因而不偏愛……也不多加干涉……你們卻……偏袒姬姓，讓姜姓屢遭……敗果……這是假慈悲……只為師出有名……」

阿七不語，他口才本就不若別人辨給，再說，自從被貶官下凡之後，他對天庭的處事也起了小小的怨懟，若不是看在破軍、貪狼曾為他擔保的分上，他早就打算要歸去山林，做一個隱居的修道人了。

土伯說這麼一些話，不過是要爭取時間恢復行動力，血瓔珞的殭毒是有時效性的，他雖然受創嚴重，但畢竟是土精，若能想辦法回到土裡，假以時日，必定能把自己給修復完全。

趁著阿七分神的剎那，土伯身體一分一分往下沒入，但阿七該有的警覺性還是有，一發現土伯不對勁，劍指揚，黑鱗銅皮雙尾叉捲射而去。

「哪裡逃！」

眼看土伯就要命喪七殺星君的雙尾叉之下，但奇妙的事情發生了，一朵桃花正好落在雙尾叉前衝的路徑上，柔軟的花瓣卻有不尋常的堅韌，在觸及到雙尾叉的一瞬間，竟讓它的行進方向產生了少許的偏移。

差以毫釐，失之千里，雙尾叉落在土伯身旁兩尺，後者因此避開了穿心危機。

阿七噫了一聲，抬頭往上看，他看的不是藍藍的天空、白白的雲朵，而是那株幾乎死透澈了的大桃樹。

土伯死裡逃生，自然也知道那朵桃花不是無緣無故出現在前頭，他脖頸還僵硬著，只能死命轉著眼珠往上，卻看見桃花撲面而來，不妙，這些桃花、這些桃花——

桃樹發出燦爛金光，照耀大半邊天空，金光接著凝聚成一個人形，飄盪到土伯身前，細看，竟是鍾流水。

鍾流水雖然看來金光閃閃、瑞氣千條，卻是面目逼人，雙眼紅如血，面上青若冰，比惡鬼還惡鬼，比怪物還怪物，張嘴獠牙森森，看來恐怖得很。

「你不是……」土伯脫口驚呼。

鍾流水桀桀獰笑，舌頭舔了舔嘴，鬼氣瀰漫在他血紅的眼珠子裡，然後他一跨步——

「慢著，別吃！」阿七忙阻止。

來不及了，鍾流水屈指便將土伯兩顆眼珠子摳出來，丟嘴裡咬得喀吱喀吱，土伯痛得倒吸一口氣，接下來那口氣斷了，他的頭顱被鍾流水給硬扯了下來，脖子上碗大的口不斷汩汩冒出奇怪顏色的體液，而鍾流水卻只是專心啃著手中那已經不完整的頭顱，吃得惡行怪狀，跟平日那秀雅的風範完全兩個樣。

阿七目睹這一切，心中嘆：鍾流水你愛吃鬼我知道，但此時此刻吃掉了土伯，我要從何問出主導蚩尤復活的主使者是誰？那些黨羽又在何處？後續是不是還有一連串對天庭不利的行動？

他知道，眼前的鍾流水不過是元神化身。元神是指智慧生物的先天性體，修煉過的仙人可以隨時隨地打開頭上的天竅，讓元神自由出入身體；只是，鍾流水的意識、神識、元神早已經渙散開來，沉澱到樹身裡，為什麼突然間又能回凝，還跑出來吃土伯？

看了看某隻幾乎也死透澈的大老虎身上，他心念一動，難道……

鍾流水吃得是面目猙獰，活脫脫草原上一隻餓了個把月的獅子，好不容易抓到一頭牛羚，啃肉啃得是專心致志；頭顱啃乾淨了就隨手往旁扔，就聽拍翅噗噗，見諸魅撒嬌著偎到鍾流水肩頭上。

「好主人，分點肉末給奴家吃～～」

鍾流水跪在地上掏出心臟來餵見諸魅，讚賞的說：「妳立了大功，不愧是我的愛將。」

見諸魅咯咯笑，啃她最愛的心臟去了。

阿七忍不住問道：「為什麼非吃他不可？」

「……忘了我天性嗜鬼？」鍾流水嘴裡塞滿食物，含糊不清的回答：「鬼吃的愈多，我妖性恢復的就愈快，土伯是天下大鬼之一，吃了他，比吃下千百萬隻小鬼還要補……」

「我以為你們是朋友。」

「當他聯合其他人來算計我家小妹時，我們就不是朋友了。」沾著腥臭體液的嘴角殘忍一笑，「再說，總得給他留一口氣。」

說這話時，他眉梢往躺在樹根處的白霆雷一揚。

阿七心念一動，「你醒來，是因為他……」

## 柒・

## 四馬攢蹄，柔腸九曲

鍾流水吐掉齒縫裡的骨頭碎渣渣，打著飽嗝說：「他是陽年陽月陽日陽時生的四陽鼎聚命格，血裡陽氣強烈無比，只要飲上一口，抵得上妖怪修行數千年的成果；我從根部吸取了他大量的血氣，醒來了……」

其實，就算從白霆雷身上抽出個幾千ＣＣ的血來灑在桃樹樹根上，也不一定能喚醒鍾流水，因為那只是血，只是個營養物而已，但白霆雷是瀕死在樹根之上，藉著血液傳給桃樹的，不只是陽氣，還有他的生命力，那是種強烈渴望活著的精氣神，等於是他把命接續在鍾流水身上，砍了自己的命數，卻延了鍾流水的命數。

所謂的延命貴人，就是這麼一回事。

阿七知道這一切，嘆氣，問：「這麼說來，他死了？」

「都說給他留了一口氣，不足的部分就拿這隻大鬼來填補。」說著他還咂了咂嘴，「小霆霆的血真香，我差一點兒收不住口，要不是想著少了他，代步工具就沒了，這才放他一馬。」

阿七心裡一寒：鍾流水你還真是算計的剛剛好，但是……

「土伯為什麼會出現在這裡？」他問。

「這裡到處布滿息壤，所以我猜有幽都之民躲藏在裡頭。在我被姜姜……化身為桃樹的時候，發現地下有熟悉的鬼氣，所以憋住最後一口氣，下伸所有根枝將他逮住，總之，要死也要抓個墊背的，不是嗎？」

阿七點頭，「之前有人使用土石幻陣來救走饕餮，應該就是土伯了。」

「所以這也可以解釋，蚩尤的凶悖之魂為什麼會被放出來，絕對是土伯搞的鬼，只不過……」鍾流水露出深思的神情，「如果沒有後援，他也無法做得天衣無縫，所以……」

「你懷疑誰？」阿七問。

「把蚩尤的魂魄偷渡出來，必需多方面的配合，幕後主使者的官階應該不低……」鍾流水聳聳肩，「目前還活著，跟地府、蚩尤、幽都有關係的人，並不多。」

「你的嫌疑不小。」阿七老實說。

鍾流水沒回應，卻是仰頭看著桃花飄飛，好一會兒他才說：「……小妹來過了……」

「我知道，可惜了她這十年的涵養。」

鍾流水搖搖頭，苦笑，「下一次的相會……是何時？」

是何時、是何地？

會不會讓他等到天荒地老？

他還記得小妹的最後一句話。

……把他帶回來吧，把姜姜……

「我會把他帶回來的，不管他是蚩尤、還是姜姜。」鍾流水說。

這是小妹的願望，也是自己的願望。

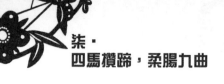

鬼事顧問、零陸。玄女符。

# 【第捌章】天若亂人，人也亂天。

蒼涼大地之上，白澤傷痕累累，可是他對面另一頭猛獸的處境也好不到哪兒去，地上到處都是噴濺的血跡，有些像楓葉、有些如桃花。

那頭猛獸是饕餮，凶悍無比，由蚩尤的頭顱所化，據說自牠出世之後，已經吞吃了不下萬人。桃花仙主人曾經擔憂的說，饕餮靠人的靈氣來壯大自己，吃了一千人，力量會凌駕屍解仙，吃萬人就能與地仙抗衡，若是讓牠不節制的吃下去，怕最後連天仙都不是牠的對手。

白澤天生具有正義感，所以要制服住饕餮，以免更多的蒼生受害。

朝饕餮衝過去狠狠一口咬住，饕餮巨掌抓下，利爪一分分伸入白澤的皮肉，兩獸這樣連滾帶爬的撕扯，地面被牠們劇烈的動作弄出一個又一個的坑洞。

相殺相爭，沒完沒了，然後滾到了某個人的腳邊。

「嘿、還想玩到什麼時候？醒來了！」那人不耐煩的開口。

白澤一看，怪哉，不是桃花仙主人嗎？模樣好怪啊，原本長及腰部的頭髮剪短了，服裝也怪模怪樣。

「吼吼！」我正在跟饕餮打架！

「喏、牠走了。」鍾流水淡淡說。

# 捌・天若亂人，人也亂天

白澤一看，更怪了，剛剛還打得難分難捨的凶獸饕餮，怎麼會在一眨眼間就不見了蹤影？難道是鍾流水又耍了什麼障眼法？混帳，老是愛用這招來欺負他，把他惹得氣呼呼想咬人。

「不是障眼法。」鍾流水呵呵一笑，「這裡是你的識海。快醒來，小霆霆。」

小霆霆三個字勾起了白澤的記憶。

對吼，幾千年前他就已經跟饕餮大戰過一場，搞到兩獸同歸於盡，如今饕餮已經重生，他白澤也轉生成一個叫做白霆雷的人——

眼睛睜開，更怪，他現在覺得自己還在作夢，因為，這畫面太恐怖了，恐怖到了極點，絕對不是他會在真實世界裡會碰上的事，還是閉上眼睛眼睛保險些，跟饕餮打架都不會讓他打從心底顫抖——

這絕對是夢，不、他一定是墮落到地獄裡去了……

因為他居然被神棍揹著走。

「醒都醒了，怎麼不吭一聲？」鍾流水問。

責罵的聲音太真實，讓白霆雷大大的清醒，歐買嘎神棍真的揹著他走在姜村，他身上還套著粉紅色的長袍，樣式質感極熟悉，肯定是神棍拿花朵變的。

他頭上還有個東西巴著，根據那重量，幹，見諸魅又把他的頭當成窩了。

「我我我、我不是死了？」

「我沒吸光你的血，留了一些給你，又跟阿七要了靈藥幫你治傷，你才能恢復迅速。總之記住，我是你的救命恩人，回田淵市之後，每天買一瓶酒來桃花院落感謝我。」

「不對，明明我是你的延命貴人，我救了你！」白霆雷變聰明了，居然找到重點反駁。

「你這個笨蛋，到底知不知道延命貴人真正的意思？！」

「那個、不就延了你的命？」

「延了我的命，你自己的命卻短了……」頓了頓，鍾流水說：「以自己的命來延他人的命，被延者不一定會高興，更別說你還是我的代步寵獸，死了讓我到哪裡再找一個？」

欠打啊這小子！白霆雷很不爽，救了你，你還一副不領情的模樣，怎麼，難道我是自己找罪受嗎？正想跳下來，喊一聲老子不讓你揹了，卻發現神棍的脖子有些紅，那紅還延伸到他的耳朵跟臉頰上去。

哈哈，他瞭了。

「我說你啊，道謝這種事都學不會，卻故意拐彎抹角來罵我，彆扭。」

砰一聲，白霆雷被摔到地上。

唉唷我的媽，我才剛受過重傷，神棍你太不體貼了！

「對了，你記得自己說過什麼話嗎？」摔完人後，鍾流水問。

「我說了什麼？」

鍾流水哼一聲，「你說只要我活回來，以後你就會乖乖當我的坐騎，我想去哪裡，都會變成老虎載我去。」

「不可能，我才不會說這種話！」

「有，還是當著貪狼星君的面說的。我可警告你，一個人說出來的話，天地四方日月星辰都會聽見，不履行諾言，當心遭天譴。」

白霆雷語結。

是啦，依稀彷彿他好像真說過那樣一番喪權辱國的話，但、但、那時候神棍都死透澈了，誰知道他居然真的活回來！

「你那時明明是棵樹，怎麼還聽得到我說的話？賊頭賊腦，連耳朵都賊……」某警察不甘不願小聲嘟嚷。

「又說什麼？」

「沒。」趕緊從地上爬起來，忍不住又唉唷唉唷好幾聲，這身體是不是剛被大卡車輾過？痛死啦，土伯那傢伙真狠……

「土伯被你收拾了？」他突然問。

「嗯、被我吃了。」

白霆雷啐一口，耍他呢，土伯那副德性能吃嗎？

他又問：「那、阿七呢？」

「他收到貪狼的星晞，那是星君們傳遞訊息的方式，跟信號彈差不多，所以趕去會合了。」

總之一拐一拐的，白霆雷跟鍾流水兩人走在姜村縱橫的小巷中，卵石地面經過數百數千年的踩踏，石角早都被磨平了，叩叩叩的腳步聲回響在寧靜的空巷裡。

「人都到哪兒去了？」白霆雷愈走愈是疑問。

「應該被有計畫的撤離，免得走漏消息。」鍾流水這麼說，純粹是猜測，他知道這村子不尋常，他也知道，十年前小妹在這裡住過，或者，在此處生下了姜姜，這裡的族長就是姜姜的生父。

「這村子真有些詭異，你瞧地面是不是不太對勁？」鍾流水指著丁字路口，那裡的卵石鋪地高出其他街面。

「哪裡不對勁啦？」白霆雷莫名其妙問。

「朽木不可雕也，糞土之牆不可杇也。」

「神棍你！」白霆雷現在怨恨自己幹嘛是人家的延命貴人！這種妖孽早死早好！

到了村子正中央的水池涼亭，看見三個人，其中兩個是阿七和陸離，另一個卻是女孩子，她神情萎頓的靠坐在涼亭柱子旁，好像大病初癒一樣。

陸離手中捧著一張金光燦爛的紙張，正在奮筆疾書，寫完後將紙張疊好，就聽他喊：「值日功曹何在？」

值日功曹立時現身，躬身答道：「周登在此。」

「速速替本星君遞送此奏章至南天門，上呈玉帝。」

周登接過奏章，化為一道光影往天上去了。白霆雷目瞪口呆了一會，好不容易回過神，卻突然指著那女孩子大叫。

「姜憐！」

姜憐就是當初將玉琮偷帶出村的人，鍾流水和白霆雷曾經透過古物商人找到她，後來姜憐被人帶走，卻沒想到，如今姜村只剩下她一個人被留下。

姜憐聽到有人喊她名字，慌了一下，就見鍾流水笑得狼子野心，喔她更害怕了，縮著肩膀躲在柱子後。

「她怎麼了？」鍾流水盯著她，詢問的對象卻是星君們。

「她被人穿了琵琶骨，關在一間地下牢房裡，我帶她出來，化開琵琶骨上的其中一根鉤刺，另外留下一根，以防她要陰計。」陸離說。

鍾流水饒有興味的盯著姜憐，說：「妳因為偷了玉琮離村，所以受到裁罰，被關在地下室吧？其他村民呢？不、妳不用說，我都猜到了，因為大墓發生異變，姜村的人知道祕密洩漏，所以緊急撤離，結果忘了妳還在地下室。」

姜憐驚怒，「你、你既然都猜到了，我也不需要多說什麼，請你的朋友們放過我吧，我打算離開這裡，一個人自生自滅去。」

「這裡的人都躲哪裡去了？」陸離問。

姜憐倔強的一轉頭，緊緊咬唇，不打算回答這問題。

## 捌．天若亂人，人也亂天

「瞞住祕密，對妳沒有任何好處。」陸離冷冷道。

鍾流水在涼亭裡踱了一會兒步，終於問出最重要的一件事，「這裡的族長……到底是誰？」

姜憐還是不說話，她竟然打算跟眼前這些人耗上了。

「回答我們的問題，我會幫妳把剩下的鉤刺給化開。」鍾流水開始提出條件來說服她，「這裡的人已經不要妳，妳終歸要回到外頭世界去討生活，保留一些法術，起碼讓妳衣食無憂吧？」

姜憐眼睛一動，顯然內心正在掙扎，或者對村裡的人還有感情，她最終搖了搖頭，僵硬的答：「我不知道。」

鍾流水倒退一步，對白霆雷說：「她說不知道，小霆霆你覺得該怎麼辦？」

「怎麼辦？」白霆雷一愣，「現在是法治時代，不能刑求啊，更別說她是個女人……」

鍾流水白眼瞪過來，這笨蛋怎麼這麼不會接話？警察不都該接受過盤詰犯人的問話技巧嗎？

這時候提法治，對方可就閉嘴有理了。

陸離很不屑的吭一聲，接過話頭說：「人間法治可管不到我頭上，如果她不說，我就下天雷劈死她、不、一次劈死她可不好玩，應該先讓一道雷劈得她頭髮豎起，第二道雷灼黑皮膚，第三道雷毀斷四肢，第四道雷在身上刻印下雷文，以儆效尤，第五道雷直接送入她嘴裡，反正她不打算說話……」

姜憐愈聽臉色愈白，抖聲問：「你、你不是仙人嗎？仙人都該悲天憫人……」

白霆雷也沒想到陸離這麼一個標緻的少年郎，講話如此殘忍，忍不住幫姜憐求情，「對啊，天庭應該也有律令要遵守，比如說，愛護生命，環保，吃素……」

「沒錯，我愛護生命，在我眼裡眾生一切平等，所以……」輕蔑一撇嘴，陸離對姜憐說：「劈死妳就跟劈死螻蟻或草木一樣，沒什麼差別。」

姜憐這下連嘴唇都白了，白霆雷卻是苦著臉，到阿七身邊小聲問：「那個、貪狼星君……本性殘忍啊……」

阿七苦笑，人家稱號裡有個狼，能和煦到哪裡去？

鍾流水見陸離的話收到效果，也跟著說：「被雷劈很痛的，但妳也別以為死亡能解脫，妳既然受天雷劈死，地府會把妳註記為大奸大惡之徒……」

陸離插話：「驅邪斬祟將軍，她這算是助紂為虐，死後該送入哪一殿地獄？」

驅邪斬祟將軍，指的正是鍾流水目前的職稱，陸離會這樣稱呼他，當然是為了恐嚇姜憐；鍾流水知道陸離的意圖，跟著一搭一唱起來。

「第三殿宋帝王生性仁孝，卻又嫉惡如仇，生前助人為惡的靈魂會被送到他的挖眼地獄裡，把眼珠子給挖出來，因為眼珠是靈魂之窗，應該要明辨善惡才對，放在那些是非不分的人臉上，浪費了。」

陸離朝鍾流水拱手說：「將軍最愛吃鬼怪的眼珠子，這女子的眼睛明如秋水，滋味想必也不錯，也別便宜了挖眼地獄的鬼卒，趁現在新鮮熱脆，將軍就吃了吧。」

「也對……」鍾流水舔了舔舌頭。

姜憐受不了，大叫：「我、我真的不知道他們上哪兒去了！我只知道村裡有個通道，族長每次都是透過通道神祕現身，給村長指示……」

「神祕通道？這裡群山環繞，還能通到哪裡去？」鍾流水不相信。

「是真的！我聽村裡老人家說過，族長身分特殊，兩個世界來回穿梭，然後，族長不會老……真的，他現在的長相跟我小時候看到的一模一樣，村民都說他是仙人……」

除了白霆雷外，其餘三人面面相覷，仙人？

陸離當先開口，問：「你們怎麼說？」

阿七回答：「如此聽來，可疑的對象倒有一個，畢竟這裡是天庭封給他的藩屬地，只不過……」

陸離點頭，「那人雖然尸位素餐，但是牽連廣大，可不能馬虎行事，我需要證據上呈。」

「要證據是吧？」鍾流水問姜憐：「那座藏有玉琮的墓，裡頭有幾塊巨大的人骨，卻不完全，到底是誰的遺骨？」

「那個……」姜憐搖頭苦笑，「是我們的先祖，據說他死後，遺骨被當時的執政者分成幾份，分開埋葬，歷史記載了其中兩處，口頭傳說的還有其他四處，其實其中有一份被姜村的族長偷偷帶回來這裡，讓他真正的遺裔以香火祭祀……」

「遺裔？」鍾流水留上心，問：「你們？」

姜憐點點頭。

鍾流水不語。果然啊果然，墳墓裡的居然是蚩尤的遺骨，當時的姜姜就站在自己前世的遺骸旁，他想著什麼？

他可能什麼也沒想，前世的執念掩蔽了他的眼、他的心。

鍾流水轉身對星君們聳聳肩，「看來，只能試著去尋找通道，看看通往何處。」

陸離皺眉，「我繞過這裡三遍，沒見到任何怪異的通道。」

沒錯，他在田淵市有過鑽下水道的經驗，心理建設強了些，所以就算是陰暗的地下室、古舊的戶外式茅坑，他都勉強查看過了，也因此才會找到姜憐帶出來。

鍾流水飛身上亭頂，開天眼望四周。

這天眼就位在鼻根上頭，所謂的印堂位置，天眼一開，能看清楚生物身上的靈氣形式、分布狀態。鍾流水認為，如果有仙人或者煞氣重的鬼神常常使用某通道，通道上頭或多或少都會有靈氣殘留，只要找到那些靈氣就行了。

「看見什麼沒有？」白霆雷往上叫問。

「看見了，見到一個笨蛋老虎臭警察。」

白霆雷開始問候鍾流水的娘，卻忘了鍾流水根本沒有娘，天生地養。

阿七也飛了上去，指著排列整齊的房屋說：「這裡的房舍格局都是刻意營造，村莊不大，卻有七個岔路口，岔路口的鋪石都高出其他地面，這就是七星，我們腳下的水池則是一個斗，暗合七星聚會的格局。」

鍾流水恍然大悟，「七星聚會，將壓蓋所有的靈氣與邪氣，如此一來，就算有巨大妖魔出現在此地，天庭都察覺不出來！」

「難怪蚩尤覺醒後所產生的戟氣破天現象沒發生，被七星聚會給擋著了，當初建造村落的人早就把這點給防到了。」阿七說。

鍾流水憂心又說：「這麼一來，該如何找到那通道？啊、對了，凶眼！」

「就算凶眼比天眼能看的範圍更多，但是在七星聚會的情況下，煞氣只怕也所剩無幾。」阿七提醒。

鍾流水不以為然，「煞氣比靈氣或者邪氣都要來得霸道，殘留地表的時間也更長，說不定我還能找到蛛絲馬跡。」

他立刻往下喊：「見諸魅！」

見諸魅本來一直賴在白霆雷頭頂上休息，想說等自己受的傷都康復之後，再回到鍾流水體內，如今聽到叫喚，矮油太高興了，立刻努力振翅往上飛。

鍾流水劍指貼太陽穴，喝咒：「聽令，窮我目、開凶眼！」

「奴家遵旨。」

甜甜應聲，見諸魅貼上鍾流水眼旁，很快隱入到他的皮下組織裡，一汪如明泉的眼睛開始有紅色暈染，倒像是見諸魅嘔了心、瀝了血，把生命都奉注在主子的眼睛裡。

正如其名，見諸魅，能辨識天底下一切妖魔鬼邪，這是血瓔珞天生具來的能力，若是混合上鍾流水體內的妖煞之氣，那就無往不利，能揪出躲藏在黑暗中的一切鬼魅。

鍾流水流轉凶眼，姜村在他眼中歷歷可辨，風景像是沉澱在黑白照片裡的靜物，主體色調以白色、黑色以及深淺不一的塊狀灰色為主，而凶氣跟煞氣是青色的，一旦出現，在他眼中會特別的顯目。

開凶眼很耗費靈氣，鍾流水很快就覺得眼睛痠澀，眼前景物模糊起來，但若就此放棄又不甘心。

阿七知道他的窘狀，突然說：「我來助你一臂之力。」

「你能怎麼做？」

阿七倒吸一口氣，鼓滿肺部，接著往外輕吹，鍾流水眼前的風景開始盪漾了起來。

風有八種，阿七吹的是其中一種熏風，又叫做清明風，一般是由仲春時節開始發起，帶一些暖意，這樣的風溫馨和煦，卻能適當的把地氣給帶起，慢慢蒸騰出淡淡的、若有似無的顏色。

其中幾點青氣由村子的西北角浮移而上。

「在那裡！」

鍾流水說完，直接踩簷過牆跳躍而去，那動作迅捷到讓底下的白霆雷不斷抱怨，明明自己動作就很快，幹嘛還老嚷著需要坐騎？

阿七跟了過去，陸離一看，知道鍾流水肯定發現了什麼，坐上自己星軺要跟，白霆雷忙招手喊：「等等我啊等等我，別把我跟姜憐丟在這裡，這女人很恐怖的說！」

陸離一想也對，可不能讓那女人跑了，誰知道她是否還有重點情報沒說？星羅雲布一抖開，把白霆雷和姜憐給捲到了一起，然後兩人就一起體會了當人體風箏的樂趣。

鍾流水落在一間格局方正的深宅大宅裡，裡頭房舍精簡，院內有假山水池與花牆，宛如一座蘇州小園林。

鍾流水微微瞇眼，發現園裡大致如常，鏤空花牆邊卻有一塊人高的石頭，磨平如鏡，將他的身影明明白白的映照出來，鏡面上幾點青氣仍未散去。

鍾流水收回凶眼，指著石鏡對阿七說：「這裡很可疑。」

陸離帶著風箏也到了，同樣迅速將院落掃過一遍，回頭問姜憐：「這是哪裡？」

姜憐不甘不願的回答：「這裡是族長家，除了村長來報告事情，或是村民受到召見，沒有人可以隨意進來。」

鍾流水眉眼一動，這麼說來，小妹也曾待過這裡？他嘆了一口氣後，這才伸指碰了碰石鏡。

問題絕對出在這面鏡子。

一般而言，鏡子是明鑑精怪、辟邪除妖的法寶，但他敢打包票，這座石鏡一定還有不同的用途，如果他猜錯了，那就把白霆雷丟給公雞小玉，讓牠美美的啄上一天的腿毛。

「泥犁寸隙。」最後他說。

「泥犁寸隙？這裡？」陸離很不相信的樣子。

「星君若是不信，往鏡子撞上那麼一撞，撞破頭的話，就是我說錯了。」鍾流水很無所謂的說。

陸離青筋又冒起了，這痞子！

泥犁寸隙，是連通人間、地府的通道，要破泥犁寸隙，需有金屬性質的武器，貪狼星君自己慣用的武器是星羅雲布，並不適合，於是吩咐阿七。

「用你的武器打開泥犁寸隙，我要確認這寸隙通往地府哪一處。」

阿七舉起十字鎬往石鏡上一揮，旁觀的姜憐沒想到他們居然對塊石頭說砸就砸，忍不住抱頭喊出聲音來，幾秒鐘後卻沒聽見預期的石塊破碎聲，抬眼看，自己也傻了。

石鏡毫髮無傷，鏡面上卻出現了一隻黑忽忽黏稠稠的蛞蝓，它飄浮在鏡中，時不時的蠕動，卻又逐漸縮小，阿七立即拿十字鎬卡過去，卻原來那不是蛞蝓，而是有彈性的黑色縫隙。

鍾流水點點頭，正要鑽過泥犁寸隙，卻被陸離阻止。

「桃花仙，目前這案子由天庭擔著，不關你的事。」

鍾流水冷笑，「事關姜姜，而姜姜是我外甥，我可不會袖手旁觀。」

陸離蹙眉，這桃花仙還真不知好歹，他乾脆挑明了說。

「與其想著救你外甥，還不如考慮該如何替自己脫罪；莫忘了十年前你曾經跟玉帝保證過，會在人間監護孩子長大，不讓他為害人間天上，如今他即將惹起腥風血雨，這已不是你擔負得起的責任，你必須放手！」

一番話讓鍾流水啞口無言，是啊，或者……

其實很早很早以前，他就已經猜到姜姜的身分了，只是他不願承認，不僅僅因為姜姜是小妹的親生骨肉，那小子還是他一日一日親手拉拔長大，共同生活過了十載，親情血緣牽纏不休，不是說放手就能放得掉。

陸離又深深看了他一眼，「我猜，你甚至忘了最重要的一件事。」

「什麼事？」

「重生之後的蚩尤今非昔比，有了桃仙體質的他，連玄女符都收拾不了，你又拿什麼來對付他？更別說你與他還是血緣相連的親戚，若是不想被扣上叛變的帽子，本星君建議你，明哲保身為妙。」

鍾流水沉默，沒錯，對方安排小妹生子，正是為了醞釀這樣的陰謀，但是、小妹何辜？他又何辜？

陸離見他安靜不語，知道自己的一番話已經嚇阻了他，這才化為一道紫光，往泥犁寸隙裡鑽去；阿七同樣要跟進，泥犁寸隙前卻回頭，對鍾流水小聲提點。

「天庭正在追究失職者，你是天庭敕封的將軍，還受天律管轄，自己千萬小心，收起壞脾氣，別忤逆犯上。」

「除死無大事。」鍾流水說。

阿七扯出一個無奈的表情，「你明明知道，有些事就連死亡都無法解決。」

抽出卡在寸隙口的十字鎬，阿七同樣化為一道紫光竄入，寸隙接著緩緩合上，如同蚌殼收緊它的世界。

白霆雷聽星君們跟鍾流水的對話，聽得霧煞煞，試著詢問：「神棍，聽起來你最近會很不優啊？」

「不優？哼，笨蛋小霆霆，還記得我曾經對金星老兒說過的話嗎？」

「什麼話？」

「天要亂我，我也亂天。」

白霆雷大驚，「你、你想投誠到姜姜、不、蚩尤那方的陣營？」

「你說呢？」

白霆雷想了下，最後問：「我只想知道，哪邊才是正義的一方？」

「我。」鍾流水叉腰說，頓了頓，仰頭又大聲說：「我才是正義的一方！」

他說得戲謔而嘲諷，卻像是朝天庭表白自己的心意與立場。

神棍沒救了，白霆雷心想。

# 【第玖章】命由自主，五雷轟頂。

陰曹地府，掌管陰魂的世界，萬物死後的靈魂都會被黑白無常給拘提到這裡，了結生前的善惡；善人重新投胎陽世良善人家，惡人則根據罪孽輕重，來決定懲處的方式，受罪完畢，才能投放陽間。

世人都說地府陰森恐怖，的確，此處陰雲垂地，黑霧瀰空，險地裡到處躲藏著鬼怪，平野上無非是銅、是鐵、是石、是火，唯一的河流叫做奈河，唯一的植物是一種紅碧相間的赤血草，據說這種草吸飽了奈河裡的血水，若是不小心折斷了它的草葉，還會滿手血腥，慘不忍睹。

地府的一角裡，矗立著酆都天子殿。

天子殿圍以磚牆，幾株白色荼蘼越牆攀生，這種花開在春末夏初，凋謝時正逢花季結束，它象徵著花事的終結，於輝煌中逐漸滄桑。

這樣的花朵不應該在地府裡頭存活，卻是反應酆都天子的心境而生。

酆都天子，原來是炎帝烈山氏，四千多年前曾與黃帝戰於阪泉。天庭嘉賞黃帝斬殺蚩尤、刑天，建立三界四方新秩序，因此派黃龍接他昇天，膺升中央元靈元老天君，而炎帝身為蚩尤、刑天的主子，天庭採取安撫政策，讓他掌管酆都，主管冥司。

官位聽來風光，但地獄的實權其實都掌握在十殿閻王手中，酆都大帝有名無實，他不過是個被軟禁於冷宮的過氣君主，正因為如此，酆都天子殿裡冷冷清清，除了炎帝與他的近臣刑天之外，再無其他人。

山門之下，丹色鋪地冷冷清清，中央處一方巨大白色石頭前，俊美的白色儒服青年正負手靜立。

他就是炎帝，巨大的白色石頭卻是孽鏡，這孽鏡跟奈河橋邊能照人三世因果的三生石有同樣的效果，還能遙視地府內任何一處的動靜。

聽到後頭有沉重的鐵靴踏地聲，他沒回頭，只是問：「很順利？」

來的人是位青銅盔甲戰士，無頭，空蕩蕩的青銅頭盔懸浮在已經被截斷的脖子上頭。沒有頭的戰士，自然不該有嘴，頭盔裡頭卻有金鐵鳴音傳來。

「正如君上推測，姜姜身兼烈山氏的火德、與桃仙一族的靈力，玄女符已經制止不了他，我等數千年來被姬姓欺壓的苦楚，終能有平反的一天。」

「嗯。」微微頷首，炎帝說：「……你我忍辱負重，就為了此時此刻，雖然犧牲了……」

他腦海中一閃而過某個影子，那是位對他全心全意信賴的女子，讓她替自己生出兒子，好承接蚩尤的魂魄，讓忠君的戰將重新復活，改寫數千年前那場戰爭的結局。

炎帝本來居住南方，為赤髯火龍之子，後來專心致力教民耕種，嚐草試藥，使人民擺脫飢餓與病痛；他的部屬們個個精明強悍，勢力因此逐漸往北方發展，很快就與位居中央的黃帝發生衝突，發生了後來的阪泉之戰，炎帝敗退南方。

戰神蚩尤，炎帝同族之人，也是他的後裔，眼見炎帝因為戰敗而愁眉不展，因此憤起興兵，往西北征討黃帝，一開始黃帝陣營節節敗退，但後來黃帝得到玄女符，扭轉局勢，蚩尤被活捉。

「……可惜的是，你的頭始終沒找回。」炎帝長吁一氣，嘆。

「有頭也罷，無頭也罷，屬下一心一意效忠，百死無悔。」無頭騎士刑天這麼說，回想起了過去某個時刻。

涿鹿戰後，黃帝為了讓各地的異心歸伏，同時給炎帝一個警惕，蚩尤因此被桎梏，從涿鹿走了兩千里的路程，到一個如今名字叫做「解」的地方，蚩尤的手腳因此都磨爛了，木質枷具因此被血深深滲透。

蚩尤就在那裡被解割身首，從他斷頭處流出的鮮血，紅了當地的池水；那染滿他鮮血的桎梏，後來長成一大片楓樹林，每片楓葉上都滴著他的血；他的怨氣直沖上天，成為傳說中的蚩尤旗，他的頭顱最後化成天底下最惡狠的凶獸饕餮……

消息傳回，炎帝淌下兩行淚，一代戰神未曾死在戰場上，卻是被敵人羞辱，成為揚威天下的工具，他能不悲傷嗎？

刑天看著君主如此悲傷，他也不能忍了，他要為自己的主子，為戰友，為所有淒惶的族人討一個公道！

持干戈與黃帝交戰，最終他的頭顱也被黃帝的軒轅劍所斬，一片漆黑之中，他伸手摸索，盼能將頭顱找回，黃帝再次高舉軒轅劍，這次不是傷人，而是將一旁的常羊山劈成兩半，踢入刑天頭顱，大山合而為一。

黃帝不懼怕刑天這個人，怕的卻是他永不屈服的鬥志與決心。

找不回頭顱的刑天一發狠，以肚臍代嘴、以雙乳當眼，他的人就是他的頭，黃帝的利劍斬不斷他的靈魂！

黃帝或者被震撼，或者覺得與他相鬥下去沒什麼意思，離開了；炎帝領回了刑天，帶著他一起領受酆都大帝的職位，從此在寂寥的地府裡度過數千年的歲月。

刑天本來還不甘心，但是，炎帝小聲說：我瞭解你們的心意，你們選擇出戰，全都是因為替我抱屈，既然如此，我又怎麼能再偏安一隅？

我會為你們奪回公道。

奪回本該屬於蚩尤的一切，還要回應刑天的忠心。

孽鏡裡有人影熙攘晃過，炎帝的注意力再度回到鏡子裡，看得出來，十大閻王正聚在森羅寶殿裡交頭接耳，六案宮曹、催魂判官、追命太尉，以及七十五司等輔佐官吏緊張的忙進忙出；炎帝撥轉鏡面，又看見十殿之外，數萬鬼卒已經集結整隊，似乎正要出發征討哪個國家。

「……看來天上已經發布對我的檄書，如此，閻王就有了誅討我的理由。他們老早看我不順眼，又對酆都天子的位置虎視眈眈……」

刑天答：「也是君上該離開的時候，不如這就起駕往天胎磁藏穴，與他們會合。」

「好。」能夠放下一切，離開這個冷靜淒清的地方，炎帝終於有了暢快的感覺。

正要動作，卻是微微錯愕，彷彿感應到了什麼，他與刑天同時朝殿外丹墀上頭看去。

丹墀，指的就是屋宇前沒有屋簷覆蓋的平臺，如今這平臺上頭，無端端卻有一圈灰黑色的波紋漾開，兩道紫氣一前一後從波紋裡飛了出來，在丹墀上頭繞了一圈，停在炎帝與刑天前頭。

光華散去，陸離與阿七現身。

「位於姜村的泥犁寸隙……」陸離清冷一笑，對炎帝說：「原來真的通往酆都天子殿。帝君，你與刑天私自利用這條通道，往人世去幹了什麼勾當，我們可都一清二楚了。」

腰間別掛的青銅戰斧已經揚起，刑天沉聲對炎帝說：「請君上先行，屬下隨後就到。」

「嗯、七殺貪狼雖然難纏，少了破軍，也就不足為懼，你隨手打發了，就過來會合。」炎帝說。

「是。」

炎帝倒真是不擔心刑天，正如他剛才說的，殺破狼三星本來是護衛萬星之主紫微大帝的重要星君，也是輔佐大帝統領諸天星辰的重要助力，三者連合，防衛之力滴水不漏，但是缺了其中一個，等於是一盤散沙。

再觸孽鏡，鏡裡頭起了一圈圈的黑色漩渦，炎帝提腳跨入，倒像是被那團漩渦給吞吃了一樣，原來這孽鏡不只能照妖、遠視，同時也是某個泥犁寸隙的入口。

十字鎬迅速化為黑鱗銅皮雙尾叉，阿七說：「我對付刑天，你去追炎帝。」

陸離有些不高興，阿七會這麼說，自然是因為認為刑天難以對付，所以把這苦差事攬自己頭上。

「不、我來對付他，你去追炎帝。」陸離看似好強，卻又語重心長，「炎帝已經被列為反逆首腦，抓了他，將來述功論賞，你就是第一位。」

阿七還要開口，刑天卻已經往孽鏡澆了一把土，狂笑起來，「有我刑天在，誰也別想傷害君上！」

那土輕得像粉，卻在沾上孽鏡的剎那間，連結增生，像是放大幾億萬倍的細胞分裂又分裂，很快孽鏡被埋到一堆土裡。

「你居然使用息壤！」陸離憤憤不已，刑天並非幽都之民，怎麼可能操控息壤？不公平，按照貪狼星君剛學到的術語來說，那傢伙根本就是開外掛！

這下子也別跟阿七爭什麼了，那就合力把刑天逮捕，問出更多的情報。他立刻甩拋星羅雲布，往刑天頭上罩去。

別看小小的一塊布，這可是出自天河織女的巧手，一絲一線都來自星雲的精粹，裡頭更綴以二十八宿星石，可大可小，威靈無比，大羅金仙或者十八羅漢被罩上，都會被打掉五百年的功力。

刑天自然不敢小看這塊美麗的布，戰斧才將雲布給揮開，黑鱗銅皮雙尾叉已經直刺過來，兩星君多年來培養的默契不是假的，開頭各一招，就配合的天衣無縫。

匡一聲，火花噴濺！雙尾叉被一塊古樸的青銅盾牌給盪開，那是刑天當年與黃帝相殺時使用的神器，跟他的戰斧一樣，原料全出自葛盧之山，那裡的銅質精良，而蚩尤當時更是掌握了冶煉的精髓，親手打造了這套斧與盾，足以擋格住阿七的神器。

兩星君第一招沒有成功拿下刑天，倒也不氣餒，刑天勇猛的名聲天下皆知，但俗語都說，雙拳難敵四手，兩人只要小心應戰，配合無間，生擒對方不是難事。

陸離放出星軺去咬刑天，這星軺不只身架漂亮，兼有狼的野性與韌性，體內潛藏好勇鬥狠的渴望，此刻有了替主人效勞的機會，立刻狠狠衝撞上青銅盔甲，刑天卻是晃也不晃，氣勢體態，兩樣都沉穩如山。

星軺頭暈腦脹了一會，忽然聽到上頭傳來重重的嗤鼻，青銅戰斧化出一條彎月的弧形，刃面直朝牠脖子來。

「嗷嗚！」星軺跳躍飛騰，只差一秒中也就跟刑天一樣，成了個無頭的狼獸。

陸離等的也就是這時候，等刑天戰斧揮出，力道將收未收的空檔，星羅雲布已經往他橫捲而來，刑天腰間中招，踉蹌了一下，星軺趁機再來，一低頭，咬透了護腿的青銅片。

刑天要把星軺給踢開，但星軺說什麼都不放，趁這機會，陸離再揮星羅雲布，布裡頭二十八

顆星石光燦耀眼，就像真正的星空一樣，

這倒是難得的景致啊，刑天一瞬間忘了腿上的疼痛，仰頭看那些星石，很快，他的主子與蚩尤也都會摘下那些星辰，將天給易主……

「天火燎！」

一聲大喝喚回刑天的注意力，眼角瞄到阿七手抱虛圓，一團火球夾帶驚人的力量朝他直衝過來。與天火燎正面相衝，銅盾爆開，熱浪四面八方滔滾，咬住腿的星軺承受不住衝擊而跌開，鋪地碎裂凹陷，荼蘼凋殘，焦黃的花瓣隨著熱氣飛散開來。

刑天往後撞上那敷了一層息壤的孽鏡，他看來受創了，卻冷冷說：「……七殺星君的天火術，剛正威猛，浩氣凜然，果然名不虛傳。」

陸離接口：「你會因此佩服到讓開一條路，方便我們去追炎帝嗎？」

「死也不會。」

「那你就必須死。」

雲布裡二十八顆星石往外合聚成一條七彩燦爛的光柱，柱頭直搗刑天心口。

刑天失了盾，只能舉斧去斬，但是光柱巧妙的轉了個彎，繞開武器，噗一聲穿透青銅盔甲，直入刑天身中，就見他身體一顫，頭盔沉降，握著戰斧的手也垂掛下來。

陸離重傷了刑天，卻沒有任何欣喜，雖說對方是敵人，但有些敵人會讓人鄙視，有些敵人卻值得被敬重，例如刑天；看得出來，他明明只要輕輕挪步，就能避開光柱的攻擊，卻為了不讓兩星君有機會去追炎帝，所以才死死用自己的身體堵住孽鏡，怎樣都不願離開。

明知不可而為之，這是愚忠，或是一種信念？

陸離正要收回光束，刑天卻突然抬手重扯胸口那光柱，陸離完全沒料到他還有力氣，措手不及，自己也跟著光柱被拽扯過去，但他臨危不亂，雲布未曾脫手，借力就罩往刑天——

雲布罩蓋，高壯的人形輪廓明顯易見，但奇怪的事情發生了，那輪廓逐漸塌扁，陸離知道不妙，抽回雲布，就見刑天已經沒入了息壤裡。

「讓開！」阿七手勢齊備，「天火燎！」

火球打得那團息壤像雪崩了一樣，被掩蓋住的孽鏡終於又露出了一角來，陸離衝過去觸摸鏡面，石鏡卻跟著塌崩在他腳下，跟息壤混在一起。

陸離又憤怒又沮喪，「這通道被堵死了，那傢伙除了開外掛，還自備金手指技能嗎？！」

「噗！」

「不准笑！」

阿七知道這時候氣氛該要很沉重才對，但他還是忍不住，感覺陸離很能適應人界的生活，連說話都愈來愈像時下一般的男孩子。

「走吧。」陸離掏出絲帕遮住口鼻，一臉嫌惡指著殿外飛揚的塵土：「臭死了，大概全地獄的鬼卒都跑來抓人，真是，我也不想見十殿閻王那些歐吉桑……」

「噗。」

「說過了不准笑！」陸離沒好氣的說：「你要留下來也可以，就由你負責跟歐吉桑解釋炎帝怎麼跑了。」

「我跟你一起走。」

阿七立刻揮雙尾叉，重新開啟連通姜村的泥犁寸隙，兩人招回星軺，化為紫光消失在酆都天子殿中，遺留一如既往的冷清，在破碎的孽鏡前。

回到姜村，卻發現一片焦土，天上轟雷滾滾，地上滿目瘡痍，到底發生了什麼事？

「你真召喚了天打五雷轟要劈死那女孩？」連阿七都忍不住質疑起陸離了，畢竟陸離威脅姜憐時，說得有模有樣。

「不是我！」陸離否認。

「難道是桃花仙……」阿七與陸離面面相覷，「天庭……」

「過去瞧瞧。」陸離說。

兩人各馳星軺升空，小心往雷劈處靠近。

時間推回到陸離和阿七從泥犁寸隙往酆都天子殿的時間點。

白霆雷其實已經有很長一段時間沒進食了，幸好姜村村民走得匆忙，屋裡還留有許多新鮮食材，他動手弄了些簡單的食物，還體貼的送去給姜憐。

白霆雷之所以體貼，當然也是想順道看看有沒有搭訕的機會，畢竟人家是個大美女，跟男友的關係也岌岌可危，白霆雷因此覺得自己很有上位的可能性。

「不要。」回的決絕，看來姜憐把白霆雷歸類成鍾流水那類殘忍的人。

碰一鼻子灰，白霆雷只好走回到鍾流水身邊，「神棍，吃不吃東西？」

「笨蛋，第一天認識我嗎？」鍾流水很不屑的嗤一聲，舉小葫蘆喝起酒來。

白霆雷氣鼓鼓，哼，你們都不吃，那就讓老子一個人撐死算了！狼吞虎嚥狼吞虎嚥——吃飽了自然就是關心未來該怎麼辦，又跑去找鍾流水，卻見他正靠著欄杆閉目養神，鼻息無聲，安詳得很。白霆雷突然間想：神棍是不是又死回去了？這才叫老天有眼……

立刻去探他鼻息，三秒鐘內再度驗證「好人不長命，禍害遺千年」的至理名言，就見鍾流水睜眼水水一瞥。

「幹嘛？」

「沒有。」趕緊找個好理由來推搪，「我我我、那個、關心你的健康……」

鍾流水哼一聲，重新閉回眼睛，他不久前才吃了營養飽滿的大鬼土伯，得趁現在將掠奪來的鬼氣引導入自己的氣海裡，當作儲備能源來用，順便理清思緒，總覺得有件很重要的事情被他忽略了。

白霆雷訕訕退後，卻見鍾流水又睜開眼瞪著他，他心虛的立刻舉手說：「你、繼續睡啊，我沒打擾你……」

鍾流水卻把眼神轉到一旁的姜憐身上，不解的問：「……關於玉琮……妳聽過更多關於它的訊息嗎？」

## 玖．命由自主，五雷轟頂

「沒有，但我知道那東西很重要，聽那個人說……」她指的是張逡，「他奉命一定要拿回玉琮，所以最後利用我……」

「沒錯，那東西肯定很重要。」鍾流水對白霆雷說：「我原本以為玉琮只是埋藏蚩尤齒的容器，蚩尤齒既然已經取出來，它就該沒任何用途，可是張逡卻千方百計想搶回去，這其中應該有很深的原因。」

「是什麼原因？」白霆雷問。

「我要是知道，還用得著在這裡跟你說廢話嗎？」鍾流水罵完警察後，卻霍一下站起，仰頭看天，憂心的說：「唉、麻煩來了。」

「麻煩？」白霆雷跟著往上看。

天空濃雲滾滾，悶雷聲不斷，一道一道的藍光在雲裡閃爍，天色一下子變得昏暗，更可怕的是，鍾流水的頭髮居然全都朝天如戟豎起，森森如惡鬼。

似曾相識的場景，白霆雷立刻想起來了，這是天雷正法、五雷轟頂！

說起來，天地諸法裡，威力最大為雷法，因為雷霆為天地樞機，更是上天懲戒邪魔歪道的終極手段，其法稱為天打五雷轟，也就是一般說的五雷轟頂。

「神棍！這這這、想劈誰？不會是貪狼那小子……」無獨有偶，白霆雷心中的想法跟稍後的阿七一樣，都認為是陸離搞的鬼。

「不對，不是他。」鍾流水憤憤一跺腳，「你跟姜憐留在亭子裡，都不准跨出一步，敢不聽我話，雷不劈死你，我也會打死你！」

「欸欸欸你很霸道，你……」

「我不是開玩笑，我真會拿葦索把你綑成入秋後的大閘蟹！」

白霆雷乖乖縮在亭子裡，但是看見鍾流水怒髮飄飄出亭，他知道必有古怪，還是探出了頭往外看。

鍾流水出亭後，手掌心中一朵桃花嫣然，朝之吹一口氣，喝聲：「長！」桃花伸展開來，卻變成一柄已經撐開了的綠枝桃花傘。

看似附庸風雅，但其實是鍾流水的防衛之道，這傘是他修煉數千年的法寶之一，因為他知道真正麻煩的事來了。

「五方雷將來到這深山荒嶺，敢問要劈的是誰？」鍾流水很不客氣的朝天喊。

濃雲破開，五雷神將手執楔、椎，金鼓候用，另有一團燦亮紫光，光裡有個年輕人，長身玉立，五官俊朗，黑色長髮以一塊綠玉盤束，玉片綴成的腰帶配上繡著翠竹的白色袍服，並不裝腔作勢，反倒有些不羈的氣質。

鍾流水認出了他，原來是破軍星君，看來這回輪到他來擔任監斬任務。

「將軍可知蚩尤已經出世？」破軍星君向下問。

鍾流水小小點頭，回答：「我知道。」

「那位蚩尤就是將軍十年前縱放的凶悖魂體，跟將軍還有血緣關係，對於這點，將軍可有話說？」

鍾流水很無所謂的回答：「要我說什麼？」

「蚩尤既然重生，天下即將遭劫，玉帝金旨降下，將傾盡全力逮捕蚩尤回奪谷；另外，為了讓天、地、人三界都有所警惕，天庭已經革除桃花仙『驅邪斬祟將軍』的官銜，並且下令本星君，將人提到南天門上等候懲處。」

「蚩尤的凶魂還在奪谷，你說的話根本莫名其妙。」鍾流水故意這麼說，打算把事情給賴過去。

「十殿閻王已經查明，人死後魄會散去，魂可轉生，酆都大帝卻偷偷保存蚩尤的魄，幫凶則是奪谷守門人土伯，他們偷天換日，以魄代魂關在奪谷裡，並把魂給偷渡出去，轉生為鍾灼華的兒子。」

聳聳肩，鍾流水說：「既然如此，你們該抓的是十殿閻王，不是我，要不是他們怠忽職守，會惹出這樣的事嗎？天庭甚至還應該獎勵我，因為我才剛把幫凶土伯給吃了。」

破軍早就知道鍾流水這人有多痞了，於是說：「十殿閻王正在追捕酆都天子及其黨羽，事成之後，必定會論罪敘功，只不過十年前，若是五方雷將能當場誅殺姜姜，人間也不至於遭此劫難。」

「劫難在哪裡？」鍾流水反問。

「……還未發生，並不表示不會發生，凡事都要未雨綢繆。」

「還未發生，並不表示就會發生，我說啊，你們根本是庸人自擾。」

破軍不想跟鍾流水口舌之爭，只說：「聽來，桃花仙是打算抗命了？」

「是你說天庭撤掉我『驅邪斬祟將軍』的頭銜，這表示我已經不是官，哪還受你們管轄、又哪來的抗命呢？」

破軍摸了摸下巴，早就聽太白金星說過，桃花仙這人啊，跟泥鰍一樣油滑得很，事到如今只

## 玖・命由自主，五雷轟頂

能硬來。

「那麼、本星君得罪了。」

話剛說完，雷轟電掣，鍾流水桃花傘脫手後旋轉飛上，雷光迎著傘面，竟被那飛旋的力道給翻散成一條條的光蛇，四周民屋因此都遭了池魚之殃，磚瓦、石塊、窗櫺等等都像是被炸藥給炸了，現場可比中東戰爭現場。

就連白霆雷和姜憐所待的亭子也沒逃過，亭頂被掀飛，千鈞一髮之際要不是白霆雷撈著姜憐跑，兩人大概也被柱子壓到了。

一擊不中，早在破軍及現場所有雷將的意料之中，雷將們鼓以雷鳴，轟以雷霆，雷光火花瞬間將鍾流水包在雷網裡頭，雷網愈縮愈小，就像貪婪的漁夫要圍網住海洋裡凶暴的鯊魚一樣。

鍾流水雖然是木仙，怕雷擊，但愈是害怕就愈是要適應他、熟悉它、打敗它是不是？立刻施法結印，口唸驅雷咒。

「雷光猛電，欻火流星，敢不從命，破滅汝形！」

流暢的手印之中，一朵朵由他真元幻化出的桃花煥發金彩，每朵花都是一道箭簇，往外貼上霸氣的雷網，爆炸劈劈啪啪，煙、火、花讓鍾流水的身影模糊不清。

破軍感應到鍾流水避過了第二次雷打，他倒還真想看看桃花仙的能耐到哪裡呢。吩咐再下天雷，雷將領命，第三道雷直擊而去，霎時灰塵瀰漫，地表震動，等灰塵散去，就見地面焦黑一大片，鍾流水卻不見了。

躲得遠遠的姜憐早就被這3D立體實境雷光秀給嚇得花容失色，恨不得自己當場能暈倒過去，因為太震撼了！白霆雷卻是心涼，這這這、神棍真被雷給打死了？

破軍在雲端之上瞇著眼睛，桃花仙躲哪兒了呢？他跟太白金星老兒賭了三枚仙桃，金星老兒說桃花仙能躲過五擊雷，他卻說頂多四發吧，呵呵，下一記雷霆就能知曉答案了，是不是？

「那裡！」突然他說，引得眾雷將也跟著他眼神的方向看去。

卻見鍾流水站在一塊殘破的樓頂上頭，一把桃木劍在他手中漸漸彎曲變形，劍柄長出藤蔓，延到劍尖成一把弓；他又從髮中取出桃枝揉成箭矢。

既然天上用天雷來對付他，他也跟著借用天雷，以子之矛攻子之盾，誰能勝出，答案想必很有趣。

「召入雷神，奔雷奉行，霹靂借神威，萬邪不敢生！」鍾流水敕召奔雷咒。

天上突然有數點飛火下墜，破軍一看，知道那是鍾流水召出的雷火，倒不訝異，因為雷霆是

## 玖・命由自主，五雷轟頂

由陰陽之氣生成的，只要本身資質足夠，又完成了雷法修煉，得到先天一氣，就能感天地，動鬼神，役使風雲雷雨。

「桃花仙，我不會讓你請到雷來！」破軍大喝，腰帶裡飛出幾顆玉珠撞上那些飛火，空中起了爆炸，有煙花燦爛了幾秒鐘，接著無聲無息。

鍾流水一笑，「唉，我真恨自己如此聰明，連你會使用這種小手段都猜到了。」鼻引清氣，將元氣灌入手指，在自己眉間寫符，突然間他天目開啟，金光自眉間射出，擦火柴一樣引燃箭尖。

搭箭拉弦，火焰箭尖對準破軍，一絲獰笑揚起。

「星君，是你逼我的，逼我用這混元一氣箭……」

混元一氣箭，一氣在乎全，上可以達天真，下可以伐妖魅，中可以引雷動電，而此刻天上濃雲雷光竟然比剛剛還要盛大，其中一半是雷將引來的，另外一半卻是鍾流水的傑作。

地殼隱隱又動，雷聲震耳欲聾，破軍再次摸了摸下巴，要不要賭賭看，是雷將的天打五雷轟厲害，還是桃花仙的混元一氣引雷箭厲害？根據他的經驗，兩雷相遇，誰都討不了好去，自己還可能受到影響，比如說把頭髮燒焦之類的……

幸好他還有一招殺手鐧。

「桃花仙，容我提醒你一下，五雷神將共有三十六人，這裡卻只來了一半，不覺得奇怪嗎？」

鍾流水隨口應答：「是你們太托大，認為對付區區桃精，來一半雷將也就夠了，不是嗎？」

「桃花仙，你變笨了。」破軍星君倒是笑得暢快。

「我變笨？什麼意思……」鍾流水頓住，揣測破軍的表情與他話裡一種勝券在握的暗示，突然間變臉，「難道是……桃花院落？」

「本星君體貼桃花仙你一定擔心妹妹，而抗拒上天庭，所以派了一半雷將去盯著、不對、是保護她的安全。」

鍾流水恨得牙癢癢，破軍這招狠啊，人家是挾天子以令諸侯，他則是挾小妹以令哥哥。

「既然早有脅迫我的手段，幹嘛不早點說？」

破軍星君為難一笑，「天庭重形象，一切照規矩來，那種脅迫人家妹妹，逼哥哥就範的壞計謀，當然只能是不得已才為之的囉。話說回來，要不是桃花仙你太難纏，我也不會做出那麼艱難的決定。」

「怪來怪去，都怪在我身上，你們這些天上人，沒一個好東西。」鍾流水啐一口，收回箭與弓，「我認栽，跟你們去天上吧，要殺要剮都隨便，但我醜話先說在前頭，要是你們敢對我家小妹有所不敬，我會把天都翻了！」

「沒問題。」破軍頷首。

「還有，從現在起就讓那一半的雷將日夜保護小妹，我不希望在天庭與蚩尤的對抗中，還殃及到她。」

破軍皺眉頭，桃花仙想公器私用啊，果然愛貪小便宜。

「……好吧，本星君會替你向九天應元雷聲普化天尊打個招呼，讓雷部保護小妹。」

「還有……」

「還有什麼？」破軍很明顯不耐煩了。

「我的白澤不會飛，所以你的星軺借我坐上天。」

破軍銀牙暗咬，不過是要把桃花仙給抓到南天門審罪，這犯人居然要求高規格待遇，真是太拿翹了！

所以，當陸離和阿七過來時，見到的卻是鍾流水笑吟吟地坐上破軍星君的星軺，順便交代白霆雷些事兒。

「……我這次去天上，也不知道回不回得來，你回田淵市吧，桃花院落和小玉就給你了，從今以後要把我家小妹當成親娘一樣對待，澆水什麼的都不能少……」

「神棍你胡說八道什麼！」白霆雷當然有聽到鍾流水跟破軍星君的一番對話，他不瞭解的是，神棍像在交代後事啊！

「我沒胡說八道，就這麼辦了。」鍾流水揮揮手，瀟灑任性的騎星軺走了。那些預防他逃跑，將他圍在中央的雷將們，看來倒像是保鏢在簇擁著他，威風極了。

破軍星君看見了老友，揮揮手打招呼。

「阿七你看起來在人間混得不錯。」他笑吟吟又問陸離，「我也聽說你在人間玩得快樂，根本不想回家，是真的嗎？」

陸離薄怒，「我一直專心在任務之上，哪個多嘴嚼舌的亂說人壞話？我會拔了他舌頭，調到地獄去當鬼卒！」

（南天門外，正在跟把守南天門的大力天丁交換八卦的周登打了個大噴嚏。）

「阿七你再忍耐些，我跟金星老兒談好了，他會跟玉帝美言幾句，你只要能在這回的事上立些功績，一定能官復原職。」破軍又說。

「多謝。」阿七點點頭，但其實他對於回天庭復職這件事，已經不太有意願了，只是看見那兩人殷殷企盼的眼神，這種殺風景的話他是怎麼也說不出口。

陸離斜瞄破軍一眼，突然問：「你該不會跟金星老兒打了賭，賭我這趟下來，能不能讓他順利回天庭？」

「呵呵、呵～～」乾笑，破軍趕緊說：「……我該回去覆命了，告辭。」

阿七忙問：「天庭真要拿桃花仙治罪？」

「天有天律，桃花仙雖不是促成蚩尤復生的原因，但他看小不看大，明擺著放縱凶神，還耽溺於人間親情，自然有罪。」

「但是罪不至死。」

「要不要他死，由玉帝來決定，我們也只是奉旨辦事。」

破軍拱拱手，化為一道紫光，追著天上那浩浩蕩蕩的人馬去了，沒幾秒鐘紫光又踅了回來。

「要不要跟我賭？我認為桃花仙上天庭後，一定會被拉到斬妖台上斬首。」

「你真是死性不改！」陸離看似想要斥罵，卻又問：「賭什麼？」

破軍搓搓手，「聽說你在人間收穫了許多法寶，拿一個出來當賭注。」

陸離眼睛一轉，「好，我有一樣法寶是神奇糞糞鳥彈珠，上頭飾有神獸糞糞鳥的靈像，結集超自然法力來厭伏邪門歪道；我就賭他會被關上一陣子，你拿得出什麼？」

破軍聽了幾乎要流口水，那什麼糞糞鳥法寶聽來不錯啊，立刻說：「我把上回從三仙島三仙姑贏來的金蛟剪拿出來，那玩意兒神奇得很，連星羅雲布都能剪。」

陸離聽了很滿意，回頭問阿七：「你賭不賭？」

「不賭。」阿七搖頭，「桃花仙會毫髮無傷的回來。」

「你在人間待太久，都忘了天庭寧枉勿縱的原則。」破軍說。

「是你們太不瞭解桃花仙。」阿七當了鍾流水十年鄰居，語重心長說。

「敢不敢跟我賭一把？」破軍拿話來激阿七，「看是你瞭解桃花仙多，還是我們瞭解玉帝多？」

「……我賭十根加X佳棒棒糖。」阿七終於點頭，為了戒菸，他放了幾十根這東西在身上。

破軍眉開眼笑，加X佳棒棒糖是個什麼鬼？沒聽過，既然沒聽過，那就可能是稀世寶物，賭玖．
命由自主，五雷轟頂

啦！

鍾流水一派悠閒，大剌剌躺在破軍星君的星軺上頭，取腰間葫蘆喝口小酒，醉醺醺入南天門，見到執戟懸鞭的金甲神人、持銑擁旄的鎮天元帥，那可都是熟人啊！他笑嘻嘻一個個打招呼，沒有一丁點兒罪犯的樣子，反倒像是來觀光的一樣。

然後是一聲小小的噓息，他想起了姜姜說過的一句話。

不、說那句話的不是姜姜，而是蚩尤。

命由自主、不由天。

《鬼事顧問陸．玄女符》完

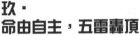

鬼事顧問、零陸。玄女符。

【卷尾附錄】鬼事小劇場。

## 姜姜的名字

鍾流水變回桃樹後，鍾小妹現身，對白霆雷和張聿修訴說一個大祕密。

小妹說：「……姜姜出生後，我為他取了名字壓制凶性……他的真名是……」

「是什麼？」

白霆雷和張聿修都很緊張。

「姜姜姜姜。（背景樂：命運交響曲）」

白霆雷怒：吼吼不愧是雙胞胎兄妹啊！給小孩取名都這麼隨便，行嗎？

## 跑錯棚

鍾小妹對白霆雷和張聿修訴說姜姜的祕密：「……小孩出生後，我為他取了名字壓制凶性……他的真名是……」

白霆雷問：「不是姜姜姜姜？」

小妹答：「不，是『無邪』，避免邪氣沾到他身上。」

張聿修一抖，陡然間被鬼附身，陰惻惻地說：「……用我一生，換你十年天真無邪……」

白霆雷怒：吼吼哪來跑錯棚的瘋子？踢回去！

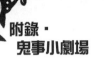

## 大家都淪陷了

放學後姜姜肚子餓，所以拉著張聿修到M噹噹去，回頭卻發現陸離，於是招手說：「來來來，一起去吃薯條、喝可樂。」

陸離皺眉，不想去，裡頭有太多女同學了。

那些女同學很恐怖，總喜歡把他當珍奇怪獸圍觀，不是臉紅躲一旁偷看，就是三五成群指著他交頭接耳，更過分的是偷偷拿手機拍他，還放到臉書上，結果前幾天跑來個導演，說要請他拍偶像劇，煩死了。

姜姜見他拒絕，以為他沒錢，立刻拍胸脯說：「我請客。」

張聿修不解的問：「你昨天不是把零用錢都花光了？」

姜姜從善如流，對陸離說：「章魚會請客。」

某人在一旁苦著臉：姜姜啊你真把我當成金主了。

陸離很不屑的一扭頭，「聽說那都是些垃圾食物，我潔身自愛，不吃。」

姜姜高興的抓著陸離往M噹噹衝，「太好了，我們去搶位子！」

陸離：「喂喂喂你這天兵認真一點聽人說話行不行？？？！」

土地公廟前，阿七啃著棒棒糖，突然間臉色一動，問：「值日功曹，何事？」

值日功曹周登立即現身，面色凝重說：「擁有凶悖之魂的桃花仙外甥挾持貪狼星君，往一間奇異的神壇去了，該神壇信眾絡繹不絕，守門護衛一頭紅髮、血盆大口、奇裝異服，卑職推測為阿修羅族人。」

眾所皆知阿修羅族人天性殘暴恐怖又好戰，男性族人皆頂著一頭紅髮，相貌更是醜陋凶惡，難怪功曹如此推測。

「立刻召集雷部三十六神將，以及六丁六甲、值年、值月、值時功曹，前往護駕！」阿七緊急下令。

周登接令去了，心中暗喜，桃花仙外甥終於忍不住動手了，哈哈，事態明朗化，等貪狼星君把人給就地正法，就會回天上去，他周登隨時聽候傲嬌星君差遣的苦難日子也就要結束了。

於是乎，田淵市的某間M噹噹，就在不知不覺的情況之下，被天上眾天兵天將包圍，只要貪狼星君稍有不測，幾千幾百萬道的雷矢雷簇就會往M嘴嘴砸下，不但可以打死裡頭所有的異教分子，事後還能把罪過推諉給西方某個正在焦急找弟弟回家的神兄身上……神將們把後路都想好了！

所以，請大家小心用餐喔～～

M嘴嘴櫃檯前，陸離本來不情不願，但是突然間眼睛一亮，看著收銀機前頭的透明壓克力展示櫃。

櫃裡照例有兩組玩具可供選擇，無臉粉紅凱子貓那組特別標示了「我會發亮」，小班外星人組則寫著「我能夠轉動」。

這些玩意兒造型可愛奇特，天上沒有呢，而且，「我會發亮」是什麼意思呢？陸離想了又想，人類巧思良多，莫非又是哪種最新機器法寶？

「我要這個。」貪狼星君頤氣指使。

「喔喔，看不出來陸離喜歡凱子貓，吼吼，男生喜歡這個也不丟臉，不過我喜歡甜小班，這星期的玩具是……終極小波波？好耶！我也要兒童餐！」

「兒童餐？我堂堂……我不要兒童餐！」陸離聽出不對勁了。

「想要玩具，就吃兒童餐，NO兒童餐，NO玩具，所有人都知道這一點！」姜姜板起臉來機會教育。

陸離咬著嘴唇，為難，他想要玩具——

「玩具可以單買……」張聿修忙提醒。

姜姜叉腰哈哈笑。

「章魚章魚，陸離他沒膽子吃兒童餐啦，他不像我，我是威霸傲天下，豪氣震八方，什麼餐都敢吃。」

「胡說，區區兒童餐，本星君……我有什麼不敢吃的？」

偉大的星君完全不敵人間小兒一招簡單的激將法，兒童餐吃定了。

於是張聿修垮著臉，在計時工讀生竊笑的表情下，付了他的可樂、還有兩套兒童餐的錢，實至名歸啊，他就是那可憐被敲竹槓的保母，帶著兩個心智完全不成熟的大兒童。

陸離把玩著他的凱子貓愛情百寶箱，真的會發亮，有意思啊！

姜姜也抓著終極小波波，轉啊轉、轉啊轉，玩得不亦樂乎，還故意轉去調戲凱子貓，問說凱子貓嫁給我好不好？我是外星英雄甜小班啦啦啦～～

「別碰我的玩具。」陸離讓凱子貓把終極小波波給踢飛。

陸離邊吃薯條，嚼嚼嚼、還真不難吃，又喝高鈣鮮奶，哼、這麼個好地方，阿七怎麼都不帶他來？

白光一閃。

陸離往旁斜瞄，可惡，又有女同學偷拍他了，還是別校的。

又一閃，陸離不耐煩了，卻聽大雷鏗鏘，抬頭望，M噹噹外頭大雨滂沱，厚雲中天雷滾滾，這天變得毫無預警。

「雷部來攪什麼局……」陸離自言自語問。微怒，這雷電擾了他貪狼星君吃薯條、玩玩具、不、是鑒賞人間工藝的興致；不過，也或許是這附近有作惡多端之人，如今惡貫滿盈，所以雷部來劈人。

該劈誰就劈誰，劈完趕緊回天上覆命，人家陸離今天出門沒帶傘，不想淋成落湯雞回家。

阿七站在M噹噹門口，跟M噹噹叔叔大眼瞪小眼，瞪到所有經過的人都以為阿七是對街啃嘰嘰老爺爺派來鬧事的。

周登換了便服跟在一旁搖頭晃腦，說：「雷部三十六神將，以及六丁六甲、值年、值月、值時功曹已經布署完畢，就等星君一聲令下，便立刻摧毀這座神壇，救出貪狼星君。」

阿七嘆一口氣，揮揮手，「你們散去吧，他沒事。」

「可是……」周登不相信。

M噹噹門開了，美少年陸離走出來，看到兩人，輕哼一聲說：「你們來的正好，順便把天上的雷部都給叫到店裡頭吃兒童餐，替我蒐集這個。」

掏出他的會發亮的凱子貓出來。

「這是什麼？」阿七問。

「會發亮的貓。」陸離正色說，還試驗了一下給他看。

果然，發出閃亮亮愛心光芒。

阿七看了一眼，很確定的說：「這是小女孩的玩具。」

「胡說，這是人間異寶，你們蒐集了來，讓周登帶回天上，我母紫光夫人送一個，另外王母娘娘、九天玄女、七仙女等等，一個也不能漏。」

「卑職也想要……」周登看著粉紅粉紅的無嘴貓，萌意油然而生，矮油他的心都化了。

又有人從M噹噹裡頭出來，一見來人，阿七和周登立刻消失不見，原來是姜姜和張聿修。

「咦，剛剛不是閃電又打雷嗎？怎麼天氣一下變好了？」姜姜看著天空，不解，天空現在一朵雲也沒有，晚霞紅燦燦，黃昏，是該回家的時刻了。

陸離不答話，只是想，奇怪，雷部到底想劈死誰？

「陸離陸離，我玩膩終極小波波了，用它來換你的凱子貓好不好？」姜姜滿心期盼的問。

「不好。」

「你答應了！你果然是我的好同學。」有人興高采烈。

「你耳朵到底有沒有問題？！」有人怒斥，「滾開！」

據說稍後M噹噹發生了相當驚恐的狀況，幾十位剽悍的粗魯男人進入店裡，全點了兒童餐來吃，一人吃一份不夠，每個人起碼都點了五份以上，把該家配額的玩具全拿光了，店經理緊急向別店調貨，這才解決了燃眉之急。

那些人離開之前，還跟店經理撂下了狠話。

「We'll be back!」

別回來行不行？店經理都想哭了，這些人凶神惡煞，會不會是藉機來砸店的啊？

當然要回來，這裡的薯條太好吃了！雷部三十六將心裡想。

《鬼事小劇場》完

鬼事顧問、零陸。玄女符。

【卷尾附錄】負四超商。

噹噹噹噹～♪
嗯？
你們三個不是……
呃喔…
再也不要吃便利商店的食物了……
消沉…

你們三個不是星君的手下嗎？怎麼跑到凡間來了？
喔…是阿七啊…
星君要我們把便利商店的集點公仔集全，我們拼命的消費了一個月，還差兩隻，還沒集滿…
正正
歪歪
粉粉
呵呵
安安
大大
稀少!!
集點贈絲綢寶寶
100%純正桑蠶絲編織而成
確實最近星君似乎對那個很著迷的樣子…
不過，在今天稍早的時候已經抽到了最難抽的隱藏版本大大!!
一次換這麼多盒果然是對的!!!
接下來只要抽到最後一隻公仔歪歪!!
就能告別三餐吃便利商店的惡夢了!!
OH! YA!!

幫您結帳——
你們直接去網路上買全套不就好了嗎？
住嘴!!
大人的命令是要我們用兌換得到全套!!我們怎麼能背叛他!!
先生要再湊十圓嗎？
有多一點喔。
他應該沒有想那麼多啦…
好——來開剛才換到的這些啦!!
一定要是歪歪啊!!!
一定要是歪歪!!!
不想再吃便利商店了!!

歪…
……
我加買一杯咖啡，然後請給我一本集點簿。
好的—
沒關係!!反正中午一口氣換到了這麼多!!
對、對啊!!!
這裡面一定有一盒是歪歪啦!!
欸!?這盒還是大大!!
這盒也是!!
再開!!

為什麼——!?
為什麼全部都是大大!!!!
OHNOOOOOO!!
我快要沒有勇氣面對明天了!!
我們還得繼續吃便利商店嗎——
這該說你們的運氣太好還是太壞…
自己兌了一個也是大大。
對了，
不是有個說法是，同一家便利商店容易抽到同樣的公仔。
說不定我們就是因為都在同一家店兌換，才會都抽到同一個。

有這種說法嗎？你怎麼不早講!!
之前沒有想到…
今天好多人唷
好吧!!我們移動到車站前的便利商店去!!
大家把錢湊一湊，今天一定要兌齊全套!!
我們要換公仔
好的
啊。
是歪歪。
喔喔!!!
!!!!!!!!!?
運氣問題。[完]

作者竹某人+
超可愛畫風繪者MO子
出擊！！
芙蓉仙傳
?
01. 芙蓉仙傳之
打工女仙我最大！
02. 芙蓉仙傳之
保鏢女仙我最威！
★03十二月上市★
★敬請期待★
天地精華所生的仙子，備受眾神寵愛，
……有沒有哪個仙人的興趣是炸丹爐的啊？！
，為了償還自己日積月累破壞公物的「債務」，
下凡去幫助凡人渡劫……
——這是歷練，更是還債大挑戰！
購書請洽：全省7-11超商、金石堂門市、誠品等一般書店，或至新絲路網路書店、博客來網路書店、金石堂網路書店訂購。
多詳細內容請搜尋★
不思議工作室_
立即搜尋
典藏閣
采舍國際
www.silkbook.com
版權所有© Copyright 2012

初萌動的愛戀！
超火熱的友情！
創世記典
Online
重「身」進化！超不幸逆轉性別的美少
搭配最殺遊戲團隊！
化不可能為可能——
改變x創造xGame Start!!
戀愛、勇氣的奇蹟是1%的相信加上99%努力。
Ⅰ～Ⅳ全國各大書店、租書店、網路書店持續熱賣中。Ⅴ全國便利超商、新絲路網路書店
★更多詳細內容請搜尋★
不思議工作室_
立即搜尋
典藏閣
采舍國際
www.silkbook.com
版權所有© Copyright

獻給身為貓奴的人類，一部輕鬆、有趣，且帶有現實與魔幻的——
NekoiF-ILLUST
都市貓
Hada della ciduad
ovel-微風婕蘭
一個平凡的夏日午後，一隻突然出現的虎斑貓，對著我說：
「喂！你三天之後就會死。」
接著，我眼中的世界變得不一樣了，
鐮鼬、鳥身女妖、哥布林、史萊姆相繼出現……
原來這個世界竟然真的有妖精存在！
全國各大書店、租書店、網路書店持續熱賣中
001死亡三日倒數計時
只有跟著這隻貓，才能知道爲什麼我只剩下三天的生命……
002夢想・混亂・上班族
我只想準時上下班領薪水，對於解決奇幻案件跟幫貓防止主人勾搭野貓這些事情
一點興趣都沒有！
003貓拳對狗掌之誰是守門人
這個即將崩壞的世界，由誰來守護？
多詳細內容請搜尋★
不思議工作室
立即搜尋
典藏閣
采舍國際
www.silkbook.com
版權所有© Copyright 2012

2012暑假最振奮人心的COOL勢力
讓你笑到噴淚的校園狂想曲！
我的黑貓家教
Miaow
龍雲
×
重花
這是fa
不是la
do、re、
mi、la……
一隻文武皆優、
上天下地人見人愛的超級全能黑貓
一個成績吊車尾、
酷愛唱歌卻看不懂樂譜的音痴少女，
她承諾幫牠找到解除魔咒的方法，
牠則指導她作詞作曲練唱歌兼免費家教，
只是……
口哇伊的黑貓家庭教師 x 期待值零的全年級差
2012/8/15超超超另類的課後輔導！！！
★更多詳細內容請搜尋★
不思議工作室_
立即搜尋
典藏閣
采舍國際
www.silkbook.com
版權所有© Copyrigh

愛紗無邊 Lala
福爾摩斯貴公子 01
紅色檔案殺人事件
負債女僕
極盡使喚
打工還債
起點A級作品！！六十萬讀者推薦
最曖昧的戀愛偵探推理劇場！
父親慘遭詐欺！ 欠下大筆鉅款！
她！即將賣身還債！！？？
給我搞清楚。
這個世界，
我，就是規矩！
她就知道，
麻雀變鳳凰的
完美結局，
那是絕對不可能的！！
2012/3
便利超商、
路網路書店
麗開播！
詳細內容請搜尋★
不思議工作室_
立即搜尋
典藏閣
采舍國際
www.silkbook.com
版權所有© Copyright 2012

鬼事顧問/林佩作. -- 初版. 一新北市：
華文網，2011.10-
冊； 公分. 一(飛小說系列)
ISBN 978-986-271-273-3(第6冊：平裝). ---

857.7 100018492

# 鬼事顧問

陸

## 玄女符

林佩著
ANTENNA
牛魚繪

飛小說系列034

# 鬼事顧問06- 玄女符


出版者■典藏閣
作　者■林佩　　繪　者■ANTENNA 牛魚
總編輯■歐綾纖
製作團隊■不思議工作室
郵撥帳號■50017206 采舍國際有限公司（郵撥購買，請另付一成郵資）
台灣出版中心■新北市中和區中山路2段366巷10號10樓
電　話■(02)2248-7896　傳　真■(02)2248-7758
物流中心■新北市中和區中山路2段366巷10號3樓
電　話■(02)8245-8786　傳　真■(02)8245-8718
ISBN■978-986-271-273-3
出版日期■2012年11月

全球華文國際市場總代理／采舍國際
地　址■新北市中和區中山路2段366巷10號3樓
電　話■(02)8245-8786　傳　真■(02)8245-8718

新絲路網路書店
地　址■新北市中和區中山路2段366巷10號10樓
網　址■www.silkbook.com
電　話■(02)8245-9896
傳　真■(02)8245-8819



線上總代理：全球華文聯合出版平台
主題討論區：http://www.silkbook.com/bookclub　◎新絲路讀書會
紙本書平台：http://www.silkbook.com　◎新絲路網路書店
瀏覽電子書：http://www.book4u.com.tw　◎華文電子書中心
電子書下載：http://www.book4u.com.tw　◎電子書中心（Acrobat Reader）

**☞您在什麼地方購買本書？☜**

☐便利商店＿＿＿＿＿☐博客來　☐金石堂　☐金石堂網路書店　☐新絲路網路書店

☐其他網路平台＿＿＿＿＿☐書店＿＿＿＿＿市／縣＿＿＿＿＿書店

姓名：＿＿＿＿＿地址：＿＿＿＿＿＿＿＿＿＿＿＿＿＿＿＿＿＿＿＿＿＿＿＿＿＿

聯絡電話：＿＿＿＿＿電子郵箱：＿＿＿＿＿＿＿＿＿＿＿＿＿＿＿＿＿＿＿＿＿＿

您的性別：☐男　☐女

您的生日：＿＿＿＿＿年＿＿＿＿＿月＿＿＿＿＿日

（請務必填妥基本資料，以利贈品寄送）

您的職業：☐上班族　☐學生　☐服務業　☐軍警公教　☐資訊業　☐娛樂相關產業

☐自由業　☐其他＿＿＿＿＿＿

您的學歷：☐高中（含高中以下）　☐專科、大學　☐研究所以上

**☞購買前☜**

您從何處得知本書：☐逛書店　☐網路廣告（網站：＿＿＿＿＿＿＿）　☐親友介紹

（可複選）　☐出版書訊　☐銷售人員推薦　☐其他

本書吸引您的原因：☐書名很好　☐封面精美　☐書腰文字　☐封底文字　☐欣賞作家

（可複選）　☐喜歡畫家　☐價格合理　☐題材有趣　☐廣告印象深刻

☐其他＿＿＿＿＿＿＿＿＿＿

**☞購買後☜**

您滿意的部份：☐書名　☐封面　☐故事內容　☐版面編排　☐價格　☐贈品

（可複選）　☐其他

不滿意的部份：☐書名　☐封面　☐故事內容　☐版面編排　☐價格　☐贈品

（可複選）　☐其他

您對本書以及典藏閣的建議＿＿＿＿＿＿＿＿＿＿＿＿＿＿＿＿＿＿＿＿＿＿＿＿＿＿

＿＿＿＿＿＿＿＿＿＿＿＿＿＿＿＿＿＿＿＿＿＿＿＿＿＿＿＿＿＿＿＿＿＿＿＿＿＿

＿＿＿＿＿＿＿＿＿＿＿＿＿＿＿＿＿＿＿＿＿＿＿＿＿＿＿＿＿＿＿＿＿＿＿＿＿＿

✌是否願意收到相關企業之電子報？☐是　☐否

**✍感謝您寶貴的意見✍**

✌From＿＿＿＿＿＿＿＿＿＿@＿＿＿＿＿＿＿＿＿＿＿＿＿＿＿＿

♦請務必填寫有效e-mail郵箱，以利通知相關訊息，謝謝♦

**印刷品**

$3.5
請貼
3.5元
郵票
不思議信箱
FUSIGI POST

235 新北市中和區中山路二段366巷10號10樓

# 華文網出版集團　收

（典藏閣－不思議工作室）

顧問兇事
陸
玄女符
林佩著
牛魚繪
ANTENNA